Jenipará

Realização:

Jenipará
Graziela Brum

REFORMATÓRIO

Copyright © 2019 Graziela Brum
Jenipará © Editora Reformatório

Editores
Marcelo Nocelli
Rennan Martens

Revisão
Márcia Barbieri
Rosana Banharoli

Ilustração
Ivan Sitta

Design e editoração eletrônica
Karina Tenório

Dados Internacionais de Catalogação na Publicação (CIP)

Brum, Graziela.
    Jenipará / Graziela Brum; ilustrações Ivan Sitta. – São Paulo:
Reformatório, 2019.
    208 p.: il.; 14x21 cm.

    ISBN: 978-85-66887-64-8

    1. Romance brasileiro. I. Sitta, Ivan. II. Título.

B893j   CDD: B869.3

Índice para catálogo sistemático:
1. Romance brasileiro

Todos os direitos desta edição reservados à:

EDITORA REFORMATÓRIO
www.reformatorio.com.br

Para Dani Dunys.

PREFÁCIO

"Cantar é ter o coração daquilo"
Caetano Veloso (em Genipapo Absoluto)

Escutar = indica presença. Escutar o canto = indica a escrita. A Graziela Brum tem uma dicção excelente, articula todas as consoantes com um espaço generoso para instalar as vogais entre elas. Um jeito gaúcho de falar com a boca cheia e o olhar próximo do olhar do outro. Nesta história, as palavras são muito articuladas entre si. A autora passou vários meses ouvindo rádios do Pará, do Amazonas, rádios caboclas e indígenas, e foi anotando as expressões, com suas melodias próprias. Depois, continuou coletando sons, nas viagens que fez para Alter do Chão no município de Santarém, no estado do Pará, na beira do rio Tapajós. Anotando as histórias que se abriam no caminho do mercado, nos cheiros das frutas, no gosto da comida, no viajante venezuelano, no barqueiro, no pôr de sol e nas conversas com o povo "do lugar". Tudo apresentava um lugar, e a partir daí, que esse romance/floresta se faz.

Jenipapo é um neologismo, entre tantos nessa história. Encontro entre e o fruto do jenipapo e o Pará. O jenipapeiro é uma árvore que pode chegar a vinte metros, da família *Rubiaceae*, e tem seu habitat natural nas várias formações florestais de várzeas úmidas em quase todo o país. Em Jenipará as árvores da floresta falam, ou melhor dizendo, elas narram a sua própria história. A autora escolheu tomar o partido da floresta, com seus rios, chuvas, arco-íris, cachoeiras. É preciso tomar o partido das coisas! Como disse Francis Ponge: "Pretendo dizer numa palavra a Natureza em nosso planeta. É aquilo que, a cada dia, quando acordamos, nós somos". Graziela também escolheu tomar o partido dos habitantes da floresta: caboclos, indígenas, ribeirinhos, seringueiros, mas, acima de tudo, tomou o partido do encantamento. No mistério que sobrevive, no mistério que resiste ao método pseudocientífico, ao racionalismo e ao reacionarismo. Sem mistério não há vida, diz Rudá, um dos personagens centrais dessa história.

Desde o início da formação brasileira, do 'descobrimento', a alma é o lugar da exploração, da invasão. O que não pode ser entendido pelos colonizadores é subjugado, catalogado, esquartejado, classificado e usurpado. A Graziela Brum, além de escritora – este é seu terceiro romance – é uma das organizadoras, ao lado da Adriana Caló, de um dos sites mais completos sobre a obra de Hilda Hislt, talvez daí ela tenha ampliado o olhar para a condição precária da alma nesses tempos assombrosos: "Que te devolvam a alma/ Homem do nosso tempo/ Pede isso a Deus/ Ou às coisas que acreditas/ À terra, às águas, à noite/ Desmedida, / Uiva se quiseres, / Ao teu próprio ventre/... /Escancara a tua boca/ Regouga: A ALMA. A ALMA DE VOLTA", clama em alto e bom tom, Hilda.

Num mundo de desencanto e desolação, a destruição pelo garimpo, pela ganância, pelo agronegócio, derruba e coloca fogo na mata. "A queimada é um diabo sem nome" e "um Deus perdido por entre as chamas. Um Deus com medo". Esse livro é escrito justamente quando a Floresta Amazônica vive um dos momentos mais drásticos da nossa história, num desrespeito ecológico imenso, legitimado por uma política ambiental incoerente. "Fomos à prefeitura fazer papel de palhaço, estava tudo combinado entre eles" – dizem os seringueiros no romance.

E o que fazer para impedir o absurdo? Jenipará não responde, mas conta. Descreve a nossa história. Feita de coragem e deslumbramento: "Sou eu, mulher-bicho, mulher-mato, aqui em corpo, em espírito, ando com lança na mão". E conforme os personagens vão se apresentando, nós vamos ampliando nossa linguagem e vamos nos reconhecendo entre Joane, Genara, Zé Bidela, Rudá, Morocha, padre Dias e outros tantos, nesse Brasil em combustão, onde atônitos nos perguntamos: quem são os brasileiros? Ou na melhor das hipóteses: quem somos nós?

E "quem é capaz de dizer quem é senão estiver nu diante de si?" Talvez o corpo nu seja uma grande metáfora do que não pode ser visto, do pecado, na negação do prazer, do bárbaro desconhecido e da alteridade. Em variações do corpo selvagem, Eduardo Viveiros de Castro alerta e esclarece: "No Brasil, todo mundo é índio, exceto quem não é. (...) O caipira é um índio, o caiçara é um índio, o caboclo é um índio, o camponês do interior do

Nordeste é um índio." Conhecer esta história pode nos ajudar a olhar no nosso espelho narcísico, cego e antropocêntrico e reparar que existe algo além do homem que vê sua imagem no lago. Existimos no próprio lago, na luz que incide na floresta, no prazer do corpo em contato com a água pura, nas folhas das árvores que flutuam livres na superfície da água, nos insetos que sobrevoam e polinizam, nas pequenas gotas que evaporam transformadas em vapor, nas flores desabrochando com cores e cheiros maravilhosos, nos seres anímicos, no perfume das frutas maduras, nos peixes prateados.

Quem sabe, possamos começar olhar de um novo ponto de origem "apenas eu floresta, inteiro floresta, apenas" e talvez, viver mais perto do fluxo do mundo, da carta aberta do mundo, com sua dança extática, extasiada e em movimento, aonde "o rio segue o próprio caminho, o percurso que quer, e assim, nesse jeito dele, o rio é terra, é pedra, é mar."

Natália Barros,
poeta, cantora e atriz

DESCOBRIMENTO

Abancado à escrivaninha, em São Paulo
Na minha casa da rua Lopes Chaves
De supetão senti um friúme por dentro.
Fiquei trêmulo, muito comovido
Com o livro palerma olhando pra mim.

Não vê que me lembrei que lá no Norte, meu Deus!
muito longe de mim
Na escuridão ativa da noite que caiu
Um homem pálido magro de cabelo
escorrendo nos olhos,
Depois de fazer uma pele com a borracha do dia,
Faz pouco se deitou, está dormindo.

Esse homem é brasileiro que nem eu.

MÁRIO DE ANDRADE

Nota de um habitante de Jenipará: Há de se dizer quem somos e nada além da nossa história às margens do rio Jarurema. Há de se contar ao mundo a capacidade de carregar nas mãos, no peito, na cara, os desejos e os instrumentos utilizados na construção da cidade paraíso. Foi nela, na sua foz, que nascemos para ganhar rios e percorrer matas. Dessa água, do Jarurema, a mesma do parto, recriamos o mundo, dela nos alimentamos. Aqui, como em qualquer lugar, os receios com o futuro, mas é preciso dizer que foi na costa do rio Jarurema, a escutar o grilar dos insetos, o cantar das ararajubas, o murmurar das ondas que aprendemos a ter fé. Ao lado da Pedra Grande, na Ponta do Cururu, se construiu nossa história, e ali Jenipará se levantou de pôr em pôr do sol.

UMA MULHER SABE A HORA. Ainda mais quando outubro, o vento corta caminho; do jardim, irrompe jucá japana; da terra, a jurubeba malvina. Na esquina ribanceira, mais vento, e assim, brota do fundo de um centro, todos os centros, a floresta. Nas fêmeas emergem os sentidos e dali, pela janela da cozinha, entra o perfume de aroeira e me faz lembrar o cheiro do corpo de Zé Bidela, quando no meio da noite me agarra entre cipós e liames e aí nos misturamos até o dia clarear. Difícil mentir para si mesma, é a natureza que pede. E o mundo dá volta ao redor da cintura e, sozinha, em frente à pia cheia de louça, ligo o rádio na estação Tapajós. O locutor avisa: – são 3 horas e 53 minutos. Lá fora, ciganas se refastelam por trás das folhas de um jenipapeiro. Caburés soltam ali perto um canto tiritado de chamar a noite, e nos meus afazeres de casa, escuto minha rádio:

"Eu vi a lua saindo
Por de trás da pimenteira
Quem não sabe dizer verso
Não dança desfeiteira"

Salve Veriana Brandão, dona dos versos populares, aqui tem desfeiteira para começar o dia com a brincadeira vinda lá dos seringais, coisa bonita demais. Carimbozeiros, fiquem aqui, com seu locutor Nelson, na Rádio Tapajós 81 FM, *em mais um entardecer em Jenipará. O rio hoje manso, água para esperar o sol descer na ponta do Cururu, lá do alto da Pedra Grande, oh!, coisa mais linda que tem é a vista no final do dia na nossa cidade. Fique aí, porque vem chegando a música Cobra Grande.*

Salve! Salve aos mestres de Carimbó. Magá de Maiandeua, Chico Braga, Verequete, Montana, Gudengo, Camaleoa, Roque Santeiro, peço licença, a bênção e autorização para trazer a música de pau e corda. Salve à cultura popular e viva o Carimbó!

"Noite escura chuvosa canoeiros temem navegar
O perigo nas águas aumentam pra quem se atrever enfrentar
As ondas, trovões e relâmpagos ideal pra Buiúna boiar
Com seus olhos gigantes brilhando esperando pra se alimentar
De algum barco com pescadores descendo ou subindo o rio
Tão grande que causam horrores parecem faróis de navio.
Rema, rema canoeiro, a canoa não sai do lugar
Cobra Grande já fez o banzeiro, redemoinho pra ela virar.
Esquitundum,
Esquitundum
Esquitundum"

A música que toca me faz recordar o baile do Boró, quando Zé me corteja de braços abertos e me toca as coxas por baixo da saia na dança do carimbó. Um arrepio me sobe as pernas nas mordiscadas que Zé me dá na ponta da orelha. Oh!, coisa boa é o carimbó. Quase esqueço a lida da casa. Lavar o pato com gotas de limão e folhas de chicória para adiantar o almoço do dia seguinte. Não quero ver Dona Marinez com aquele azedume na cara, a patroa gosta de reclamar do serviço. Mulher agoniada, tem o dedo invocado a serpentear feito cobra cipó nos móveis da sala. Quer encontrar pó, e manda arrumar o quarto, limpar a sala, passar o ferro nas roupas, pano nos vidros. Depois confere serviço por serviço. Deus lhe livre se a comida não estiver pronta na hora que o Dr. Lima chegar em casa.

Aqui na estação Tapajós 81 FM são quatro horas, tem tambaqui no rio, quem come tambaqui nunca mais sai daqui. Cuidado com o tucunaré. Dia tranquilo na nossa cidade, o sol brilhou, bom para ficar numa rede, admirando o rio. Lembrando que amanhã é feira dos alimentos caseiros na Praça Carimborari, tem os bolos da Alzira, arroz de jambuxá, prato típico da nossa cidade, tem tacacá e maniçoba na barraca do Lazaro. Tem açaí, tapioca, suco de taperebá, Vem você para Praça. O grupo Jaraqui sobe ao palco principal às cinco horas da tarde, minha gente carimbozeira vai ser demais. Patrocínio: Açaí de Verdade, porque açaí de verdade é só aqui. A música que acabamos de escutar é do nosso Mestre Chico Malta, Cobra Grande, maravilha do Mestre Chico. E você continue aí no programa "Siriá do meu Pará" com ela, a maior dama do carimbó, rainha das rainhas Dona Onete, com a letra "Sambinha do Tanque" da poeta Katia Marchese:

> *"Chorinho faz pouca lágrima*
> *mas carrega tanto sal,*

que a corda curtida
na passante palheta
faz afinações de cristal.

A íris derrama a matéria
para o samba que ouço
aqui do meu quintal.
Quem dera cavaquinho,
fossem tuas cordas
todo esse meu varal.

Estenderia as melodias
desse choro salgado
que trago no balaio
e me faz tanto mal.

Ah chorinho, por que carregas tanto sal?
Ah chorinho, por que carregas tanto sal?"

Tudo ao redor agora vai se indo e voltando em outra coisa. Ali, no quintal reconheço Zé desenhado num tronco do jenipapeiro. Galhos e folhas balançam tal qual seus braços quando dançamos. Saudades de Jenipará, do meu Zé e das noites de carimbó. Em frente à pia, requebro a cintura enquanto pico a cebola. Do meu avental faço uma saia rodada para girar o corpo. Canto a música com a Dona Onete. Afoxé, banjo, flauta, ganzá. Uma rosa nos cabelos. Pulseiras. Colares. Os pés descalços. Nossa vida no ritmo de tambores e reco-recos.

Daqui a pouco já estou de volta a Jenipará.

De repente, a patroa Dona Marinez, aparece na porta da cozinha, me pega desprevenida chacoalhando a ponta do avental. Dá uma risada disfarçada e espia ao redor. Tudo indo bem. Não tem do que reclamar. É que hoje tenho que sair mais cedo, por isso adiantei o serviço. Agora espero que ela não venha com mundaréu de coisa pra fazer. Tenho compromisso em Jenipará às cinco. Se chego a perder a consulta, só mês que vem, e aí pode ser tarde demais.

Não está nada fácil cumprir a lida da casa. Nos últimos dias, os pés cresceram de um jeito que parecem paçoca de macaxeira. Ando numa lerdeza... Pior que a do bicho preguiça. Passo o dia cuidando o momento que Dona Marinez sai para as compras com seu carro chique, para no outro instante me encostar num canto fresco da casa. Me atiro na rede, estico o corpo de lado, quero aliviar o peso dos mais de 10 tucunarés que carrego nas costas. Às vezes desconfio que engoli foi a cobra grande inteira para estar com a barriga desse tamanho. Zé Bidela ri das minhas histórias.

Jenipará não é perto, ainda mais se perder a condução, são cinco quilômetros, no meio da mata, em estrada de chão e pedras finas. Poeira triste de arranhar os olhos. Muito complicado, ainda mais nesse estado. Nelson, locutor da Rádio Tapajós 81 FM avisa: – são 4h15 minutos em Jenipará. Ainda areio a última panela, depois troco de roupa em menos 5 minutos. Não deixo de voltar para me despedir de Dona Marinês, que, entretida entre alamandas e caramboleiras junto frente à casa, quase nem escuta meu adeus. Mulher bonita de cabelos soltos e chapéu de palha. Quando me vê, em gesto gracejo levanta os braços acima da cabeça num abano borboleteio. Tchau Joane, diz ela, até amanhã.

Na última consulta, quase passado um mês, perguntei para o doutor, se é normal esses meus exageros, uma comichão, essa vontade louca, minuto a minuto, de me refastelar com Zé Bidela. Doutor me disse: – "devia estar acostumada, toda a mulher jeniparense, em estado ou não de graça, é assim mesmo?" Ora, ora, tinha que ter desconfiado, conheço as mulheres da minha família.

Pela estrada da Alvorada, toda alvoroçada num final de tarde de outubro, segui um tanto devagar, a barriga redonda avança em passos miúdos. Vou para a estação Igapó. Lá do alto, numa copa encrespada da palmeira bacaba, em meio aos frutos roxos, vem um som capiongo de amortecer em tristeza o coração da selva. É o urutau. Sozinho, de plumagem cor canela e bico aquilino, canta para a lua a morte do seu grande amor. Dá um dó danado aquela melodia de flauta melancolia. O urutau antes de ser ave foi uma bela índia, e por essas coisas do amor, tomou a forma de bicho rondando a noite. Não deve ser fácil ficar sozinho. Ora, ora, se eu também não desanimaria, a ponto tal que, amaldiçoada, empoleiraria feito pássaro no galho de uma árvore a ecoar o lamento.

Estranho é aparecer a essa hora do dia. Dizem por aí que a presença do urutau é um mau presságio. Oh, povo para inventar história. Não sou mulher de acreditar nessas coisas, mas por via das dúvidas, melhor mesmo é rezar uma Ave Maria para minha santa, Nossa Senhora de Nazaré. "Oh, minha santinha, livrai-me de qualquer agouro." É nessa época, emprenhada de quase nove meses, ando com a flor da pele selvagem, carnívora. Na cabeça, solto sem nenhum tanto de padecimento um veneno poderoso para corroer os pensamentos. Tudo é motivo para falsipar o peito.

Passo uma agonia e um embaralhamento nas vistas. Não, não que tenha me assustado com o urutau. O problema mesmo é a dor nas costas, de jeito manso, distante sabe lá onde, vem avolumando num batuque outro em força cada vez maior. O que parecia não ser nada, toma uma ardência no ventre. A floresta gira e gira sem parar. A barriga empina e aponta lá pra copa da bacaba, o corpo em arrepio estremece a terra, a bexiga arde numa pressão do remexer da menina. Um calor me abafa as ideias. É para gritar de garganta inteira, e naquele murmúrio ululante, sou eu, quase urutau.

Ali, em meio caminho, entre a chácara de Dona Marinês e a estação Igapó, estou parada, espero aquele susto passar, quero voltar a Jenipará. Por minha santinha, não há de ser nada, logo se dará o alívio. Tento mais um passo, mas as pernas estancam amolecidas, dobro os joelhos, e agacho para segurar a barriga. Sou bicho de quatro patas, espalmo a terra para tentar me equilibrar.

Era preciso rezar, uma reza de fé, foi o que veio à cabeça para nada se suceder. Rezar numa respiração de puxar o ar fresco da mata. Deus permita que Nossa Senhora de Nazaré acalme o coração da minha pequena, que ela não se apresse em nascer. Avancei, dali, por entre a folhaçada, procurando um apoio no tronco de alguma árvore. Quem sabe, depois de descansar um minuto, aquele repuxo fosse passar.

Mas a essa altura a mata se revira dentro de mim, dum jeito furioso só dela. Vento e cantoria num revoltar de entardecer da selva. Ah, se tia Dulcinéia estivesse aqui, saberia me dizer certinho se o que sinto são as dores do parto. As tais das contrações. Aqui, sozinha, o urutau e eu, não tenho como avisar a tia, as primas, muito menos a Zé Bidela. E, fui, fui aos pouquinhos me segurando num caule, equilibrando num galho, até encontrar um lugar para descansar. Ali, perto da bacaba, vi um lugar de aconchego, uma árvore alta de folhagem valente, verde-clara, iluminada. O jenipapeiro, tão alegre, com suas ramificações empapuçadas de flores amarelas, chama meu nome, eu sei. Ressona misterioso, pelas folhas longas, lisas, fala de um jeito que só uma árvore sabe falar. Separa, sabe lá como, o "Jo" do "Ane" e faz do meu nome duas pessoas distintas, Jo, Ane... Jo, Ane.

Com esforço, me arrasto até o tronco da árvore e, sem pensar em nada, anarriê. As costas apoiadas no jenipapeiro. Agora, bem protegida por aquele véu pardacento, vejo, quase de frente, o urutau. Ele, também, num esgueirar de canto, me observa num sorriso largo e solta de boca toda: ...foooi, foooi, foooi... e daquele jeito dele, todo estranho que é, depois de passar o seu recado, sai num voo de arranco, se atira céu afora em direção sem fim. Eu, ali, embaixo do jenipapeiro, quero me recuperar. Espero. Aguardo para que essa dor contrária se escafeda de uma vez. Penso no urutau e seus mistérios. E o alívio se apruma rasteiro, o retroceder daquela cólica. Talvez fosse apenas um batucar dos ventres. Filho meu, maluvido, se requebra para todos os lados, quer é sair nesse nosso mundo.

Dois araçaris de bicos riscados e penas acaneladas aparecem num bumbá animado de marujada de guerra. Não por acaso, escolhem muito bem pousar no jenipapeiro, aquele cheiro de fruta-flor espalhando um perfume danado por toda a floresta. Ah, se ao menos eu tivesse como falar com o Zé, um telefone desses modernos, mas se não ligaria no mesmo instante para vir naquela correria me buscar!

E ali, junto ao jenipapeiro, num abrir dos sentidos, escuto a mata como nunca. Lá de dentro, vem uirapurus em canto longo e suave. Fazem um verdadeiro baile por entres as flores do jenipapeiro, em penas amarelas e vermelhas, me animam duma maneira, já sou aquela Joane pé de serra, de um jeito tal, aprumada, que nem Zé Bidela consegue aguentar. Borimbora!

Dançam araçaris, cantam uirapurus e eu levanto apoiada no jenipapeiro, mas é bem aí, vem ela de novo, aquela dor desgramenta, volta é com tudo, me toma por dentro, muito mais falsipada. Volteio de frente para o tronco, e sem entender nadinha, estico os braços num abraço apertado, bem apertado no jenipapeiro. Num instinto de mãe, eu compreendo, sem nada compreender, minha filha vai nascer. Eu sei. Ela vem agora, no meio dessa floresta, no coração dessa mata. Seguro firme o jenipapeiro, sinto as coxas, as pernas molhadas. De certo, a tal da bolsa estourou, não deixa jeito nem de seguir na estrada, nem de voltar. Genara vem ao mundo é aqui.

Lembro bem como devia de fazer, a tia Dulcinéia me disse: – "na hora da contração, puxa todo o ar na força de uma onça, depois solta na calmaria de um córrego."

Quantas vezes? Perguntei. "Arre filha minha, depende é da terra." Da terra? Quis saber. Aquilo parecia era doideira da sua cabeça, mas parteira experiente como é, não dava para duvidar do seu conhecimento. "Terra também tem ventre, e é ela quem vai determinar se nossa Genara vem na pressa dum piscar de pestanas ou numa espera de longitura sem fim." E eu, agora, passando as mãos ao redor da barriga, me esforço num respiro de cada vez, recordando as sábias palavras da minha tia. "O rebento só nasce quando ventre teu for o mesmo ventre terra, quando somos todas nós uma só mãe mulher." E no ritmo brincante daqueles versos da tia na memória, a luz vai se assombreando lá longe no final do dia. Um sol fininho se achega reluzindo a pele cabocla do corpo despido. O vestido estendido no chão, sob as coxas, protegerá a criança. As coisas da floresta, inteiras, se mostram; um som em cada folha, um vento a balançar pluma de pássaro, um cheiro ensolarado de flor, uma cor de pétala; e eu não sou só eu, sou tantas coisas, todas e também o ventre.

Floresta viva de afluentes passando em chumaceiras a acariciar a terra, revira pedras no fundo do rio. Corre, correndo em mim, remexendo os ventres, repuxando ossos. As raízes que brotam desse chão retorcem em meus membros seus caules, estiram as ancas. Sou eu, mulher nascida em Jenipará, guerreira nessa selva, tenho força pra correr as feras. Sou eu, mulher-bicho, mulher-mato, aqui em corpo, em espírito, ando com lança na mão. Sou eu pronta para dar à luz. Nasce Genara, nasce minha filha junto aqui ao jenipapo, junto aqui a esse mundo que é teu. Vem nesse sangue que verte, nesse líquido quente, viscoso de bago de fruto.

E nessa hora, na tua hora, do alto pelas copas da árvore, em fenômeno tão teu, desce cachoeira alumiada. Luz filtrada entre as folhas, num entardecer de outubro. O vento desgarra as flores do jenipapeiro em chuva de pétalas amarelas. Anúncio da tua chegada. Cai em nós, em brilhantes salpicar nossos corpos de mulher. Somos tu e eu, minha Genara, minha filha, nesse mundo nosso.

A queimação lá por baixo é forte no instante do teu passar, minha menina vem encaixada, a cabeça peluda, o rostinho pequeno, ainda enrugado, vem Genara para os meus braços. O teu corpo sai coberto de penugem fina, de pele quase transparente. Nasceu Genara, tão desprotegida, pedindo aconchego de mãe. Te enrolo nos meus panos, te tomo nos meus peitos já grandes, prontos para te receber. Te olho, pela primeira vez te olho e te escuto, teu choro ganha o mundo, esse som de floresta, e em sorrisos e lágrimas não consigo saber se tu és mais parecida comigo ou com o teu pai.

Relembro palavra por palavra da tia, me sinto como ela tinha dito, mulher inteira de alma, numa canseira de corpo, e sei que ainda não acabou. "Uma mulher sempre tem mais força do que pensa", me disse quando achei impossível continuar depois do parto. "A força está escondida nas raízes dos ossos."

Enrolo em três voltas o corpo de Genera e protegida em embrulho, arrumo minha menina numa reentrância cavada no tronco do jenipapeiro. A árvore parecia esperar o rebento, e prepara na madeira um berço. Continuo a luta bem igual ao jeito explicado por tia Dulcinéia. Agarro com mãos firmes em garras as duas coxas, e ali, ao lado de Genara, de frente para o caule, as pernas escanchadas e os joelhos apoiados no jenipapeiro, forço ainda mais o ventre. De olhos fechados, busco a coragem para empurrar o saco do bebê. É um tecido carnudo que oferece sementes para alimentar o filho, as parteiras chamam de secundina e embalada pelos ditos de minha tia, nem sinto mais a dor esquisita, senão a vontade de puxar o cordão, tirar de mim o tal do saco. E aos poucos, com mãos mergulhadas em sangue, sai na ponta do cordão o tecido todo empapuçado. Um pedaço meu e de Genera, união de mãe e filha, agora com outra função, tão importante quanto teve até aqui. Coloco a placenta no chão, próximo ao berço de Genara e finalmente sento para descansar as ancas, sem esquecer o próximo passo, muito bem recomendado por Dulcinéia "Talvez o mais importante, não esqueça filha minha, o corte!". Ai, ai, como a tia me faz falta!

Depois de limpar as mãos nas folhas espalhadas ao nosso redor, volto a segurar meu rebento. Um presente de Nossa Senhora de Nazaré. Fixo, sem imaginar por quanto tempo, meus olhos em Genera. Ora se Zé Bidela não vai por acaso dizer que nossa filha é a cara dele. Conheço bem meu homem, vaidoso como só ele, se gabará para todos os amigos. Contará para Jenipará inteirinha que Genera é sem tirar nem botar uma cunhaporanga, a mais bonita moça de todas as tribos. Mas não tem jeito não, meu Zé vai é concordar, os lábios grossos são meus, são da mãe de Genara. Meu orgulho.

A menina não chora, ressona quieta, amacia meus peitos com suas bochechas fofas. Arisca, passa a boca a procurar o que ainda não sabe. Faz bico, toda graciosa.

E naquela calmaria, chega o momento do ritual. Lembro que dentro do matulão, entre os meus pertences, carrego uma caixa de fósforos. Atirei a bolsa de couro do outro lado da árvore. Solto Genara ali protegida pelas raízes

do jenipapeiro e, aos poucos, me levanto, apoiada pelo tronco, para caminhar pela primeira vez depois do parto. A floresta venta fresca e me toma em tranquilidade, a noite dum prateado lunar é quente, os bichos a essa hora descansam, por vezes se escuta um ruído lá longe riscando a escuridão. Parece que toda mata sabe, uma criança nasceu, é hora do silêncio para não incomodar o rebento. Agora eu sei, o melhor lugar para se parir um filho é mesmo na selva.

Na bolsa, presente dado pelo Zé, encontro o fósforo. Reúno um amontoado de folhas secas e gravetos espalhados pelo chão. Preparo tudo, a fogueira servirá não apenas para manter Genara aquecida, mas também para cortar o cordão. A tia Dulcinéia se estivesse aqui rezaria para nossa santa, usaria o fogo de uma vela para soltar Genara da placenta. É um ritual sagrado, e é só no rompimento do cordão que nossa Genara recebe o sopro da floresta e toma a vida para si.

Jogo o fósforo prendido no amontoado de folhas, no começo a fogueira solta fumaça e os galhos verdes explodem em estalos. É a forma de expulsar para longe os espíritos ruins do mundo. As labaredas tomam força e se alastram em salamandras, depois as chamas se espalham pelo emaranhado. Eu caminho ao redor do fogo e, por um acaso do destino, o graveto com uma das pontas em brasas escapa da fogueira diante de meus pés. Seguro o galho, e tenho a certeza que cortarei o cordão com ele. Esqueço da prece que tia Dulcinéia tentou me ensinar desde quando vivíamos lá no Maranhão, em São Raimundo das Mangabeiras, mas invento a minha própria reza, com toda a força do coração peço para as deusas da floresta protegerem minha filha. Ela terá uma alma boa, será mulher guerreira. Olho a copa do jenipapeiro. Entre os dedos, o graveto em fogo, aproximo do cordão, e queimo aos poucos o tecido, até separar uma parte da outra.

Um cheiro de carne queimada impregna o ar, mas agora Genara está livre do saco do bebê, e ela, tranquila, nem se mexe, não geme, continua num sono preguiçoso. Só agora, Genara pode percorrer os caminhos do mundo, ajuntar seus pedaços de sonhos. Sento ao pé da árvore, ao lado de Genara, encantada com o jeito que respira, a beleza da menina que meu Zé falou durante toda a gravidez.

Ali, sou tomada pela vontade de chegar em Jenipará, entrar pela rua Tumurã. A casa da minha tia é a terceira da quadra, ela abrirá a porta e, num gesto de espanto, encontrará Genara em meus braços. Orgulhosa, agarrará a menina, beijará sua carinha, chamando todos para ver a pequena. Contente como nunca, mandará o filho mais novo, o menino Gaciel, numa correria só dele, percorrer de bicicleta as ruas de Jenipará. Mensageiro da boa notícia, será o primeiro a contar para Zé Bidela que Genara já está segura, enrolada no chalé de renda marajoara, acolhida pelos parentes. Não é de duvidar que a pequena aleitada no peito durma o sono da mais bela entre todas as belezas cunhaporangas. Imagino a alegria da minha família e o sorriso me vem no rosto. Quero voltar para casa.

Mas em nenhum momento me apoquento, pelo contrário, descanso, absorvida pelo cheiro de jenipapo, que chega a acariciar o pensamento. Uma canção me vem aos ouvidos, canto para Genara, para a selva, num desabafar de ânimos, com a placenta no meu colo, ainda quente, na temperatura do corpo. Então, levanto com o tecido nas mãos. Encostada no jenipapeiro, bato um dos pés com força no chão, marco o ritmo da voz, saúdo a recém-chegada e aperto com as unhas a afundar os dedos na massa carnuda de sangue. Um pedaço se solta, trago à boca, entre os lábios o nosso gosto, a minha força e de Genara. Trituro a carne. Tia Dulcinéia me diria que para recuperar quem recém deu à luz é preciso dar conta da placenta. É nela que a energia se recompõe. Ali, é outrar em várias outras numa força ainda sem tamanho. Sou mulher, mulheres.

Tudo agora também sou eu, sem nada ser, sou agora mãe pronta para voltar. Jenipará nos espera, não sem antes acertar a boa relação de Genara com a natureza. Coisa feita em época sempre, me agacho para cavar a terra, aqui no pé do jenipapeiro, avalio o espaço certo para enterrar o que sobrara do tecido. A placenta há de voltar de onde veio e as raízes da filha junto às raízes da árvore, na presença de uma e outra, tudo ao mesmo. A terra cobre a placenta e agora tudo é como se não tivesse sido.

Sigo pela estrada da Alvorada, são quase cinco quilômetros até Jenipará. Genara enrolada no vestido e eu em corpo nu ando pintada pelas pétalas do jenipapo. O sol se apruma no horizonte, reflete o amarelo-pele.

Tudo tão parecido, sem ter fim nem começo.

...cricrió, cricrió... cricrió, cricrió... foi a secura
dos dias ou o frio da noite que apagou da memória o caminho de volta; daquela altura, ouvia
uma vez outra o som da madrugada, mas em nada
parecia com o som deles, aí me dei conta, havia
me perdido e que, dali em diante, precisaria me
virar. Juro, não queria, mas despencou sobre mim
o desânimo, meus ossos fininhos se arquearam e
me sentei no galho de uma pitombeira a esperar
o destino. Eles fugiram para outros rumos. Cada
um se salva como pode. Agora o meu problema era
que com eles foi-se embora minha alegria, mesmo
assim cantei, cantei ...cricrió, cricrió... cricrió,
cricrió... alguém, um ser que fosse, na Amazônia,
na terra, escutaria meu sinal de alerta, haveria
de escutar...cricrió, cricrió... cricrió, cricrió...

A ESTRADA DA ALVORADA É SOMBRA POR INTEIRA. Um vento prata. Pedaços da lua em filetes tocam nossas cabeças, saem por entre o balançar da folhaçada, alumiam os ombros, guiam os passos. Não sinto dor, nem o pinicar das pedras ao pressionar os pés no chão. Genara e eu prosseguimos aos poucos em direção a Jenipará. Uma chuva mansa se apruma no horizonte. Pela Nossa Senhora de Nazaré, que sejam bem-vindos os pingos finos para aliviar nossa quentura. Outubro é o mês do mormaço, do calor sem fôlego. Eu sou mulher nua sob os braços de uma floresta que se desloca junto aos nossos corpos. Árvores que caminham, são milhares de anjos a tocar suas flautas, enquanto meus seios urdem a substância pura.

Genara já sabe o que quer. Menina forte. Procura, procura. Coisa linda seu rosto, e o pequeno corpo da minha cunhaporanga. Nasceu com cabelo escarlate, desgrenhado, um punhado de pau de uxi amarelo. As pupilas negras ziguezagueiam em busca do que sempre foi seu. O pescoço, a curva ousada de um riacho. Os lábios buscam o leite.

E por fim, a chuva nos batiza com sua água. E o sorriso da minha boca se abre, a língua escapa com sua ponta inclinada à procura de sanar a sede. Cerro as pálpebras para sentir a carícia macia desse espírito imaginário. A floresta. A mão molhada desliza pelo corpo, alisa a pele e desata os nós dos músculos. Um alívio que dá ânimo para prosseguir. A terra agora encharcada com seu cheiro ardido nos consome de alegria. Genara ri, e eu dou risada da beleza dela, da nossa história. Caso para ninguém de Jenipará acreditar. Uma menina que nasce de um sol protegido por pétalas de flor de jenipapeiro. Vem do centro de todos os centros, do pulsar da mata. Genara parece o conto de uma deusa.

Seguimos. E o mesmo vento prata traz lá de cima o voo da ave-lua. O urutau atravessa o caminho em seu canto de instinto da noite. Voa a seguir nosso rastro, parece gente querida da família, que vigia e protege. Quem é o urutau? É a índia que traz em seu cheiro de mururé e ninfeia o segredo da floresta. É aquele que morre por não desistir de buscar o amor.

Penso em Jenipará. De certo, as ruas por essa hora estão desertas. A Igreja fechada, o Padre dormindo. Quem sabe Valdir da venda ainda está em pé, sempre na luta, arrumando a mercadoria na prateleira para receber os fregueses no dia seguinte. Garanto que Morocha, a louca das ervas, também perambula no mesmo desatino entre a rua Tumurã e Catiroba. Penso nos bolos de tapioca da mulher do Valdir, Dona Alzira. Naqueles pratos bem servidos de arroz jambuxá com camarão seco, pimenta e alho. Na cumbuca de gurijuba beirando a leite de coco. Oh, quitandeira das boas essa Alzira. O cheiro acre dos meus pensamentos me tomam com um tantinho de fome, coisa pouca de quem sabe que logo, logo tudo nessa vida vai sanar.

Daqui até a cidade, no ritmo que ando, são mais duas ou três horas. Jenipará é logo ali. Tia Dulcinéia deve de estar pensando que fiquei na casa da patroa. Nunca que vai imaginar que levo Genara no colo. E o urutau, dito kúa kúa, dito urutágua, dito uruvati, mãe-da-lua, vai abrindo o caminho, vem sonando canto, notícia que estamos bem. Vai no seu voo alvorotado de tronco em tronco para anunciar a todos que ali duas mulheres caminham em direção a Jenipará.

Atravessamos em passos miúdos a Alvorada. E uma fome mansa se assoma, coisa sem importância, eu sei. Carece de se acostumar com um pouco de padecimento, a sede, a fome. O certo é que numa hora dessas os parentes nunca deveriam nos faltar. Menos ainda meu Zé Bidela. Queria é saber do paradeiro dele. Se está em casa ou no trabalho. Deve sim é estar pensando em Genara, mesmo sem saber já sabe que a filha está entre nós.

Grilos não param com o zunido, imitam uns aos outros numa inveja que é só deles, rasco de insistir a tontear a gente até a gastura. E avançamos mais cem metros. O que nos salva é saber de cor o caminho, sei de cada volta da estrada, o cheiro, o céu, as folhas, os bichos. O urutau. Sei do caburé acanelado que nunca quis fazer feio, por isso canta seu canto tiritado da noite. Sei do jubutu, da mania dele de cruzar em arrepio a estrada para dar aquele susto na gente. Os xanxins dourados fazem uma algazarra como se tivessem tomado uma garrafa de uaipiá todinha. Esses animais um tanto paspalhados são meus velhos conhecidos.

E a gente vai indo e tudo vai ficando lá para trás onde estava. Só o urutau vem sempre junto, sonando seu canto "ai, ai, mama, ai, ai mama"; com máscara de homem, com máscara de lua, e ri a tremer o pescoço que nem gente entre a gente, e segue, segue... Jenipará é logo ali.

Já não se sabe mais se é chuva ou fogo. Antes a gente se encostava num tronco anelado de inajá, cerrava as pestanas a escutar o canto zaragatado de mil cigarras. Medonhas, anunciavam a temporada de chuva, e o zunido esteiro dos bichos festejava a garoa. A canção da mata é o sopro de uma flauta. A água caía. Os pingos atravessavam os pecíolos, tomavam as folhas a correr num assobio leve, leve e desciam aos poucos até suas finas pontas. Ali paravam a esperar uns aos outros; e se enchiam, redondos, para por fim cairem em outras folhas. Aí está a música, a dança, mais esperada da floresta. Chuva, chuva. Bom de escutar a prosa da natureza enquanto as águas se avolumam à margem do rio, encharcam as flores da terra a esparramar o cheiro de alecrim-selvagem com a xanadu, e a misturar-se com as nascentes de lua cheia. Certo era, naquelas noites, a estrela Awãtaba aparecer em hematita negra lá no alto do céu. Na lonjura certa de revelar que é hora do plantio. E tudo voltava a ser o que já foi. É o giro do mundo. Gira, gira terra com seus milhares de sóis, e, consagra um deus, para cada dia do ano.

Já não se sabe mais. A floresta canta uma música indecifrável, seu perfume não seduz colibris, nem mesmo as abelhas. Agora, olhos e ciclopes ficam abertos para evitar que o fogo nos engula a face, os membros e as almas.

Para impedir que as labaredas nos fustiguem como com as cigarras. Aliás, é um corre-corre, de pequenos animais em busca de matar a sede, enquanto a margem vai ficando seca, vai se desavolumando num córrego esvaído. Os pacus, tambaquis e pirarucus se atiram na superfície do rio que nem loucos de um lado ao outro na mentira de uma piracema. Piranha e tucunarés invadem o rio. A vida pela morte. A seca. E tudo vai se dando apertado no pouco que resta da mata. As andorinhas não rasgam mais em bando, uma lá que outra com muita sorte se aprochega desconfiada. Sozinha, a andorinha não é mais a andorinha. A fumaça, produto das queimadas, torna-se impossível, tão insuportável quanto a realidade, e paira sobre o céu dos povoados, sobre os tetos das casas. A pintura colorida da faixada feita para receber as festividades religiosas que homenageiam a Santa, agora leva uma demão de tisna. As casas do povoado ficam acinzentadas. Todas muito iguais. Os seringueiros do Baldaceiro se apavoram, não sabem dizer se fazem bem sair para mata. Tem dias que é melhor guardar a faca corneta, o pote de alumínio e deixar o corpo descansar numa rede na frente da casa. Rezar duas três quantas vezes for para a fumaça na floresta não se aproximar. Nem sabemos se isso adianta. Muita gente nossa não aguentou, deixou o Alto do Purus, fugiu para a região baixa da floresta. Quem sabe lá tem coisa melhor?

Porque aqui, no Seringal Baldaceiro, tem fogo. A queimada é um diabo sem nome, sem referência, e a gente procura a fonte do incêndio, procura o dono do intento, sem saber que a maldade é a mesma essa, a esperança, sem saber se o dia corre pela noite. Fumaça negra, escuridão que se forma quando o sol, abismado diante do que vê, fecha os olhos, a boca, e nos diz: – "Não sou eu, não sou o responsável por tudo isso, nem filho meu o é", escuta-se o astro repetir, a desdenhar seu próprio reinado. O Deus maior, sol de todos os sóis, não quer a culpa de destruir a floresta. Mas alguém está prendendo fogo na mata, e o sol, mesmo sem querer, alimenta em combustão esse inferno.

Assim, enfrenta-se o útero-terra frente a frente, cara a cara, instiga e queima o solo, a folha, o pasto, os galhos e ainda os bichos. Insanos berros de inocentes, a queimada enfurece as gargantas, que suplicam, devotas em seus deuses, suplicam e procuram o grande sinal da salvação pelos horizontes. Os animais da floresta arregalam os pelos, e no ar escasso, sentem o cheiro da morte.

É a coisa mais triste não escutar o canto do biscateiro, que lindo era ele tritrilhar bem quando o sol a pique, avisando que era hora do lanche do seringueiro. A marmita, feita pela mãe Zeli, reforçada no feijão e macaxeira cozida. Um saco de bananas de todos os tipos, tem comprida, tem ouro, tem peroá. Comida para dar sustância nas pernas e aguentar o tranco de sabe-se lá quantos quilômetros de caminhada dentro da mata. Também é bom para fortalecer os braços. É preciso pegar o cabo do corneto com firmeza e talhar o tronco da seringueira num corte de precisão, numa profundidade certa para não machucar a seringueira.

Aprendi a tirar leite de seringa, riscando pau de castainha. Lá no começo, era difícil, escorregava a faca corneto e aí o machucado no tronco. Uma vez talhei o dedo bem no encontro do risco da madeira com uma canaleta, em que apoiava a mão para dar mais firmeza ao braço. Foi um susto daqueles, sangue que não parava mais. Pai dizia que era assim mesmo, só não se fere, quem não risca seringueira. De pronto, ele puxava a seiva do tronco de um sangue de dragão e esfregava no corte, a pele curava na hora.

O dia passava no galope da onça pintada e o bom mesmo era a hora do descanso. Chico, pai Celso e eu sentávamos na beira de um barranco, lavávamos os pés no córrego, atirávamos água no rosto. Depois, tirávamos um descanso, tem dias que se prestam para uma soneca na sombra de uma samaúma. Certo era que em três o trabalho rendia mais, e o mês ficava bom. Uma fartura.

Assim vivemos, quando não era o fogo a deixar a seringueira em brasa, era esse ruído maldizendo a floresta, esse barulho medonho que ronca ronca a gritar dentro da gente. Um demônio a murmurar à noite, que gruda nos ouvidos e não deixa ninguém dormir. O pior ainda é quando o barulho para, a respiração da gente foge, dá um sufoco na garganta, nos pulmões. A gente fica esperando a árvore cair, seca, dura, a tremer a terra em volta. Motosserra dos diabos.

Dia igual dia, é isso que se pensa. Será que aqui ficamos, ou será que vamos para outras bandas? Nem a mãe, nem o pai, nem o Chico, nenhum de nós sabe o que dizer. O pessoal vive assustado, os homens do desmatamento estão cada dia chegando mais perto do povoado. Perdemos muitas árvores que já estavam prontas para dar o leite. Nos últimos dias, o pai anda calado, falando pouco, agora vive a olhar a fumaça, sentir o cheiro da madeira queimada, a escutar o barulho da morte. Mostra a preocupação em todos os gestos, de quem vive pensando o que é melhor para gente. Não é fácil saber. A coisa está terrível, o Padre faz quase um mês que não aparece aqui no povoado. Antes, não faltava uma semana. Mesmo

a natureza, é em vão que se mexe, remexe, agita, tenta reagir a toda destruição do fogo. E lá na imensidão de um céu vazio, aparece uma ou duas nuvens pequenas e murchas, espremidas na remota ideia de uma garoa. Bobagem, tudo uma grandíssima besteira. O fogo segue passagem, cobre as bainhas senescentes nas plantas jovens, as espatas, infrutescências velhas, as sementes deterioradas na superfície próxima aos troncos. O fogo engole todas as plântulas, o bioma, e ainda mais grave, o fogo é capaz de engolir o nosso espírito, capaz de fazer as almas pousarem num final definitivo. Porque com o fogo, nem corpo, nem espírito resistem, queima e dissolvem almas. Aí, é o extermínio da nossa raça. Um final mais vazio que o começo. Por isso, é preciso ser rápido, mobilizar os homens do povoado, chamar os guerreiros das aldeias que vivem por aqui. Todos nós devemos lutar contra o ataque dos posseiros, dos madeireiros, antes que a floresta morra e o pior aconteça.

...cricrió, cricrió... cricrió, cricrió... depois de umas
três horas cantando, resolvi parar, quem sabe eu,
dali da pitombeira, escutaria eles, porque se um
canta daqui sem escutar de lá, e o de lá canta sem
escutar o daqui, nunca que a gente se encontra.
Comi umas pitombas, enquanto prestava a atenção
nos movimentos da mata. Nada. A floresta era o
vazio do vazio e aquele silêncio me colocou medo.
Sempre me falaram que a floresta é tão grande que
tem uns que depois de se perderem, nunca mais se
encontram. Vai saber, talvez o caso seja comigo, seja
a minha pouca valia. Talvez mereça solidão por ser
eu de pouca ou nenhuma importância na Terra.

Um dia o pai acordou contrariado, mal falou com a gente. Encheu a caneca de café e saiu pelas redondezas da casa. Ali, da varanda, se via ele encostado no tronco de um pequi. Nenhum de nós teve coragem de se aproximar para perguntar o que acontecia, se estava bem. Ficamos ao redor da casa, em silêncio, esperando o pai voltar e dizer o que iríamos fazer. De outra em outra, ele soltava uns grasnidos como se fosse uma jaguatirica à espreita da presa, depois se escutava ele falando, uma prosa cerrada com ele mesmo, gesticulava as mãos para os lados, para a frente.

O pai sempre foi um homem equilibrado, um trabalhador, preocupado em conquistar o sustento da família. Às vezes, brigava com um caderno de contas, os números dos acertos com os donos do Seringal Baldaceiro nunca fechavam. Dois mais dois nunca a mesma soma. Estranha matemática, e, no final, sempre se devia mais do que se trabalhava, e se trabalhava muito. Por isso, queria juntar dinheiro para nos mandar à escola, na cidade. O analfabeto é um desenganado, repetia toda vez ao trocar a borracha por mercadoria. Mesmo no desacordo, nunca se entregou aos devaneios da mente, ao sofrimento, nem ao vício. Em todo esse tempo, vi o pai poucas vezes com um copo de pinga na mão. Aquilo dele calado devia de ser exaustão de esperar a floresta acordar clara, com as copas visíveis lá no alto, com seu aroma e frescor. Talvez não aguentasse mais os dias de espera. Um inferno, e ali o mais difícil é respirar. Já tinha muita gente nossa doente dos pulmões. A fumaça nos maltratava e era risco sair para a mata atrás do sustento. O fogo estava perto e se sentia no ar o cheiro das seringueiras queimando. Uma situação tão grave que por bem dos habitantes do povoado, o Padre cancelou a festa na pequena igreja. São Sebastião podia esperar. Os professores da escolinha, fazia meses que não se arriscavam aparecer, e a escola estava às moscas. Um galpão abandonado, que mais tarde serviu de abrigo para os calangos e um sapo boi.

Da última vez que esteve por essas bandas, o Padre só soube dizer que o Deus da Santa Igreja Católica mandou o povo se aquietar em casa, fazer resguardo, e orar as rezas que ele nos fazia repetir por horas na igrejinha. Não contrariamos o Padre. Ninguém dizia uma só palavra. De certo, ele nos pensava pedra por trazer o silêncio, não sabe que já tínhamos rezado por muito tempo e nada ver mudar. As perguntas eram feitas dentro de nós mesmos: – "como é possível deixar tudo lá fora mudar numa velocidade maior que a queda de uma estrela cadente?" Talvez fosse isso que o pai estava pensando. No que fazer para impedir o absurdo. A fumaça maior que o seringal. O final de tudo se aproximando em brasas e no ronco de uma motosserra.

O pai ficou o dia todo em pé ao lado do pequi. A mãe, na hora do almoço, se aproximou, levava um prato de mandioca cozida, mas ele não queria nada, levantou a mão em sinal de recusa, tinha decidido pensar. Por volta de meia tarde, o pai se sentou ao lado do tronco. Falava sozinho, creio eu. Batia a mão na cabeça, a testa no pequi.

Estranho ver o pai assim. Meu irmão Chico quis chamá--lo para pescar no rio, mas a mãe não deixou. Mandou ele pegar o prato de boia e comer quieto no canto da cozinha. Que deixasse o pai em paz. Chico começou a chorar, era muito jovem ainda, não conseguia entender o que o pai pretendia. Na verdade, nem a mãe, nem eu sabíamos o que se passava com ele. A gente imaginava que era coisa de decisão, que ele buscava resposta nos espíritos da mata. Quem sabe o pai tivesse enlouquecido, era difícil de acreditar. Ele era o líder do povoado, sabia sempre o que fazer, aconselhava a plantar no roçado, a quebrar as castanhas nas pedras para não faltar o que comer na temporada de chuvas. Sempre teve ideia. Quando a noite se aprochegou, o pai voltou para casa. Ainda calado, tomou um banho, se arrumou e depois sentou ao redor da mesa para o jantar. Comeu com fartura, enquanto a gente em silêncio esperava uma palavra dele. Então o pai nos disse:

– "É preciso a guerra, o Padre que perdoe a gente."

O pai decidiu conversar com todas as comunidades da região, falar com o cacique da aldeia ali nas redondezas. Estava convencido que era necessário unir forças para lutar. Não adiantava mais ir à cidade falar com o governo, isto já tinha sido feito, e nada acontecera. O velho Pascual, seringueiro antigo do povoado, não cansava de repetir que era o próprio governo quem mandava essa gente desmatar. Nunca acreditamos no velho, era um contador de histórias, prosador que conhecia bem todos os contos do Anhangá. Porém, dessa vez, tínhamos que admitir, as ideias de Pascual faziam sentido. Era o próprio governo o mandante daquela desgramera.

JENIPARÁ 45

Quando o pai e os demais seringueiros foram à Prefeitura denunciar que a floresta estava sendo invadida por posseiros e que roubavam a madeira, ninguém os escutou. Passaram horas numa sala de reunião esperando o Prefeito. No final da tarde, apareceu uma moça arrumada, dizendo que nem o Prefeito, nem o Secretário do Meio Ambiente, poderiam atendê-los, estavam muito ocupados com demandas urgentes, mas prometiam tomar as providências necessárias para acabar com o desmatamento. Que todos ali se acalmassem, que o Prefeito dava a palavra, era um homem honesto. Assim, a comitiva voltou para casa. Depois de três meses, a situação estava cada vez mais grave. A fumaça mais alta, tomada, a floresta calada de seu próprio barulho, agora só se escutava um ronco que não calava. O ronco da motosserra. O Prefeito o Secretário do Meio Ambiente mentiram.

Procuramos mais uma vez o dono do Seringal Baldaceiro, o seringalista Doutor Darcy, que andava sumido nos últimos tempos. Rondamos todos os pontos que costumava ser visto, mas em lugar nenhum foi encontrado. Já fazia quatro meses que não se via o diabo do velho. Escafedeu-se. A casa que morava com a família, não se apresentavam nem os cachorros, abandonada aos pixains pequenos, roedores de madeira, destruíam portas e esquinas e desmantelavam tudo pelas redondezas. A sorte foi o Pascual, numa de suas andanças, cruzar com o pião Geralcio, capataz do Doutor Darcy. O indivíduo vinha acompanhado do seu cão gateado, caminhava daquele jeito dele, pendendo de um lado ao outro como um bêbado prestes a cair. Usava, como de costume, um chapéu de palha. Pascual nos reproduziu o que disse o caboclo, coisa sem coisa, e ainda sem nunca o encarar na cara. O caboclo se distraía com um carapanã, afastando com as mãos o inseto para não lhe morder as carnes. Assim, arranjava uma desculpa para se desviar da conversa. Pascual de tanto insistir na prosa, por final tirou de Geralcio que o tal do Doutor Darcy tinha se tocado dali

mais a família sabe lá Deus para onde. Não podia afirmar, mas talvez tivesse vendido as terras do Seringal Baldaceiro para uma gente do sul e que agora no lugar das seringueiras e do látex vinham o pasto e o boi. Muito mais fácil de trabalhar e de ganhar dinheiro, e ainda com facilidade de impostos, afirmava Geralcio. Depois desta, Pascual apareceu lá em casa com a cara destorcida de quem tinha encontrado o espírito do Anhangá, meio cabisbaixo, desenxavido, pediu uma pinga dobrada. A mãe Zeli, percebendo a urgência do caso, encheu o copo de Pascual de cachaça. "É coisa do governo", como ele mesmo tinha desconfiado. O gado o pasto e os homens do sul tomavam conta das terras, mas não por nada não, era mesmo com a aprovação da lei, melhor dizendo, com o incentivo do próprio governo. Queriam nos ver longe dali, acharam por bem vender o seringal. "Fomos à Prefeitura fazer papel de palhaço, estava tudo combinado entre eles". Geralcio ainda afirmava que assim era mais fácil manter a fronteira do Brasil, o negócio novo tinha força para impedir invasores e posseiros estrangeiros. Escutávamos Pascual, todos em silêncio, olhando um para o outro sem saber o que dizer, nosso pai segurava o queixo, em pé, escorado no batente da porta da cozinha, de vez em quando virava de costas, dava dois três passos, mas logo em seguida retornava. Fez isso várias vezes, até que o pai se sentou ao lado de Pascual, pegou um copo e encheu até a beirada de pinga.

...cricrió, cricrió... cricrió, cricrió... no meio da noite uma chuva caiu sobre a pitombeira. Lavou as folhas, e a água escorreu pela beirada, protegendo meu corpo, mas depois, acho que por causa do vento, a chuva penetrou pela folhaçada e me molhou todo. Naquela altura, precisava de um banho, a sujeira me cobria todo, também, pudera, percorrer milhares e milhares de quilômetros para chegar em lugar seguro, me deixara exausto e imundo. A chuva era isso, de escassez caia, era possível ver dali que em uma duas léguas já não se via mais nenhum pingo.

Ouvi de repente um gemido, como se fosse um desabafo, então, caminhei do tronco até a beirada do galho. Lá embaixo, vi o que era, apenas um homem encostado no tronco. Fiquei observando seu movimento, quase não berrava, nem se mexia, mostrava-se exausto. Às vezes cantava *"estoy aquí, estoy aquí, Vicente, Vicente, aquí"*, pelo jeito do seu grito, ele também estava perdido. Pensei chegar perto, mas era provável que ele não entendesse. Não sei se poderia me ajudar, eu sim, poderia procurar os seus num voo pela floresta. Os homens não sabem voar, por isso se deslocam devagar, bem devagar.

Quem não iria aprovar a força de resistência que pretendíamos formar era o Padre, mas o Deus dele não dava conta de tudo que a natureza nos pedia. Que se diga a verdade, é um bom Deus, mas é apenas um. Uma andorinha solitária que tenta, tenta, mas por fim se apavora com tanto rebuliço. É um Deus perdido por entre as chamas. Um Deus com medo. Agora o que a gente deve fazer é lutar contra os posseiros e suas armas de fogo. Chegou o momento de evocar todas as divindades possíveis, as nossas e as dos do povo da floresta, ali da região para fazer o que a terra nos pede.

No outro dia, acordamos antes do amanhecer. Pai, Chico e eu, mais Pascual, Devaldo, Aluizio e todos os seringueiros do povoado se reuniram ao lado do pequi. O pai falou por tempo, se não tomássemos as devidas providências, íamos perder a mata. Era hora de buscar ajuda, não era o nosso povoado o único que tinham o sustento das casas e as casas ameaçadas pelo fogo, mas todas as aldeias indígenas da região. Os seringueiros concordaram com pai, e dali mesmo, pegamos a estrada do pitoco em direção à aldeia. Entramos na floresta sabendo o que nos esperava. Um calor a perseguir em rastro de pólvora o corpo da gente, e pior seria se caso encontrássemos algum desses malditos, distribuindo as buchas de querosene para prender chamas e começar a destruição. Aí, certo é, começaria a matança. Quem consegue permanecer calado vendo uma maldade dessas? Os bichos fugirem sem rumo. Tudo vindo ao chão. Cadê a umidade da mata? Queimação no cimo da cabeça e a nossa cara carranca perde a seiva. A pele ressecada pelo fogo, somos madeiras de vincos fincados. Estalo e ardência. Já não suportamos o mormaço, o ar num silêncio quente e as sinuosas curvas da estrada do pitoco parecem sumir.

É difícil pensar em qual caminho seguir, a estrada se ramifica em duas três e a gente desconfia se vai mesmo na direção certa. Por várias vezes paramos nas encruzilhadas. Ali, o velho Pascual se detém, cerra os olhos por instantes, sente o ar indo vindo, até que com toda segurança diz, "por aqui". Seguimos. Ele à frente com seu cajado, em seus passos lentos. Um silêncio, e a mente vaga. Primeiro, atenta-se para o barulho das pisadas, amassando as folhas secas no chão, é o murmurinho da cruzada pela mata. O gafanhoto na folha nem parece existir. O capitão do mato aparece num galho de pitombeira, estranho ele por aqui, quer mais é frescor de beira de rio, mas logo se vê que proseia à procura de outro capitão do mato mais adiante, repentistas da floresta. ...cricrió, cricrió... cricrió, cricrió. Será que conversam sobre a quentura dos últimos dias? De repente, Pascual para, à frente um jacaré-açu esquadrinha um bicho que nem se sabe mais qual é. Um corpo sem cabeça, com patas se debatendo na frustrada tentativa de se desvencilhar de uma imensa caçamba dentada. Chico se assusta, segura na cintura do pai, faz força para voltar. O pai murmura alguma coisa. De certo, pede calma. O bicho já se alimentou, não irá nos atacar, logo, logo vai se embrenhar outra vez no mato. Parados a uns três quatro metros, assistimos ao final da refeição. O bicho se delicia, o papo crescido, mexe devagar o pescoço para um lado outro. Pascual nos fala em sussurros, vamos aguardar um pouco por aqui, não atrapalhar o jacaré. Um inocente veadinho se foi. É a lei da Amazônia, a fome fala mais alto, e assim deve de ser. O jacaré segue o caminho, adentra a mata de barriga crescida, é provável ir em direção ao rio para tirar um cochilo. Já está garantido, fome agora não passa.

Quase chegando à aldeia, Pascual decide parar ao pé de uma pitombeira, nos diz que quer evitar a gastura. É hora de comer pitomba, tomar energia para seguir o ritmo. Não demora nada, estamos na aldeia do povo da floresta. Chico e eu sentamos numa liana, meu irmão, com sua cara cansada, se lambuza com as pitombas. Eu também me lambuzo, e Pascual nos alerta do alvoroçar das folhas do mato como se um risco de vento passasse atrás de nós. Quem sabe é o Anhangá a mangar da gente. Dizem que ele deu uma surra na filha do Devaldo. A Manuela. A menina tem dado trabalho. Parece que levava dois bigodeiros para vender na cidade. A notícia de que tinham vindo compradores de Manaus pagando uma bufunfa gorda pelos bichos se espalhou. Manuela não se conteve, atiçada, foi buscar os animais. Sempre atrás de dinheiro, emboscou os bigodeiros na encosta da floresta, bem aqui perto da estrada do pitoco. Levava os bichos numa gaiola improvisada no bagageiro da bicicleta. Os bigodeiros não deixaram por isso, seus gritos estridentes acordaram não apenas os bichos da selva mais também o

Anhangá. Mesmo dentro da samaúma, lugar de morada do Anhangá, ele escutou o pedido de socorro dos macacos. Quando Manuela forcejava a pedalada na subida do pitoco, o Anhangá apareceu num rastro de curiá, rápido que só ele, passou num jato tão tão veloz que Manuela perdeu o comando da bicicleta. "Foi isso o que aconteceu." diz Pascual. Ela apanhou de vara fina, doída, nas carnes. A bicicleta ficou daquele jeito, resumida, retorcida, com o pneu da frente em cima do de trás. Nem parecia normal, dizem que pelo estado da bicicleta era um milagre que Manuela tivesse sobrevivido. Os bigodeiros fugiram. De galho em galho, ganharam a mata fechada. Agora estão mais espertos para não cairem na emboscada de uma menina. "O Anhangá é assim mesmo, judia sem piedade. Capaz de matar de raiva se descobre maldade na floresta." diz Pascual.

"Por que não põe para correr os posseiros, então?" Pergunta Chico.

"Ah meu filho, Anhangá tem medo das queimadas." Diz Pascual.

Mas ele vai nos ajudar a dar surra nos invasores, isso é certo, o Anhangá não vai peia canela não.

Pascual se levanta, agita o bando e segue o percurso. Em silêncio, retomamos o caminho. É possível perceber na cara de alguns sinal de preocupação, nada se sabe sobre o povo indígena. Será que vão compreender a nossa intenção? Não falamos a língua deles. Que bom seria caso se ajuntassem a nós, pois é hora de fazer o que nos cabe, enfrentar os posseiros frente a frente como nunca antes foi feito. Unir todos os povos da região na mesma ideia. Ninguém pode entrar aqui para destruir o que é nosso.

Um pouco adiante, encontramos os três jatobás que limitam o território do povo da floresta, ao oeste. Muitos deles, estão ali no centro do terreno, reunidos, concentrados uns com os outros. Chegamos em silêncio, aos poucos, para não assustar, avisando, de mãos estendidas, repetimos as saudação dada por eles na floresta "Sawe, Sawe, Sawe." Os primeiros a nos avistar foram as crianças, que logo chamaram os mais velhos. Os habitantes dali são nossos velhos conhecidos. Sempre os encontramos em seus afazeres pela mata, passam respeitando o trabalho do seringueiro, nem nós nunca interferimos na lida deles. Por várias vezes, cruzaram nosso caminho, e seguiram em frente, e mesmo sem se aproximarem, em seus gestos era possível identificar cumplicidade. Talvez eles soubessem quando iríamos aparecer, previsões dadas pelos poderes sobrenaturais da selva, estavam por isso à espreita, observando nossa passagem antes mesmo dos seringueiros os verem. Um dia Pascual nos comentou que aqueles habitantes da floresta eram espíritos de animais instintos reencarnados em forma de humanos, por isso não se adaptavam em outro lugar senão a mata. O que se deve crer é que na floresta tudo é possível.

Lá de trás de uma maloca, um velho do povo indígena apareceu, vinha ao lado de um homem jovem. Caminhava com dificuldade apoiado num pedaço de pau. Quando chegou a nossa frente, o velho começou a falar e a riscar um desenho no chão com seu cajado. Ele nos explicava com empenho seus traçados na terra, linhas que se assemelhavam a peixes no rio, e pelas feições no seu rosto entendia-se o quanto era urgente o que dizia. Não conhecíamos a língua indígena, mas mesmo assim era fácil compreender que a preocupação deles era com a destruição da floresta. Com a contaminação do rio e com todas as modificações que o fogo e as motosserras faziam na paisagem. Situação grave, colocando em risco a sobrevivência de toda a espécie, não somente da floresta, mas de toda a sobrevivência na Terra. Os homens destruíam sem saber que mexiam com Deuses, que devastavam lugares sagrados e que toda aquela ação teria consequência. Era isso que entendíamos do velho, apresentado pelo jovem como Ikuta. Meu pai confirmava com a cabeça, e eu me perguntava como nós que não conhecíamos uma única palavra daquela língua podíamos entender o que o velho falava. Tanto que quando o homem mais jovem começou a traduzir, o pai Celso respondia antes do menino terminar de falar. Mais tarde, o jovem se apresentou como Rudá. Ali nos traduziu o que Ikuta falava:

"Estávamos esperando vocês. Chegaram mais cedo do que foi avisado. Nosso chefe Ikuta nos fala que não é certo retirar o leite das árvores para vender para o homem destruidor, isso traz mais homem destruidor, mas Ikuta entende que agora não é hora de falar sobre a atitude do seringueiro. São bem-vindos. O fogo está destruindo o mistério do mundo, sem mistério não tem vida. Ikuta nos fala que estão mexendo com os Deuses da floresta, e os espíritos irão se manifestar contra nós, contra todos, até contra aqueles que vivem muito longe. Nos últimos dias todos da nossa tribo estão fervendo as ervas, jogando a tinta em círculo na volta da aldeia para proteger nosso povo, mas mesmo assim a fumaça tem entrado nas malocas. É muito mal e os filhos estão doentes. O curandeiro não consegue tratar todas as crianças."

Sim, nós entendemos. Estamos aqui pelo mesmo motivo. Precisamos de ajuda para nosso povo também. Os remédios da cidade também não estão funcionando com os doentes da vila. Viemos propor que se unam a nós para entrar na floresta e correr com esses homens daqui, disse meu pai, e continuou: – "Precisamos de apoio, de força. Juntos podemos enfrentar o homem destruidor. Se eles não forem embora, precisamos matá-los para salvar a floresta, nossa casa." Diga isso a ele, por favor, meu pai insistiu com Rudá.

Repetiu a mensagem de meu pai ao velho, que respondeu na mesma hora. Logo depois, Ikuta se virou e voltou para dentro da aldeia nos deixando ali, sem entender suas últimas palavras. Ficamos esperando a tradução de Rudá para compreender a fala do velho. Ikuta pediu calma, a violência deveria ser evitada. Preparavam um ritual, uma grande festa para evocar os espíritos que afastariam os destruidores. Os seringueiros deveriam participar, mas não sem antes se banharem com as ervas, remover os espíritos ruins e as doenças resistentes que derrubam muito homem forte. O curandeiro não vinha dando conta de tantas moléstias.

Os seringueiros deviam esperar numa maloca o momento certo de iniciar a manifestação. Um ritual para acordar o Deus das águas, trazendo a chuva e muita comemoração. Rudá afirmava que o velho Ikuta queria que os seringueiros ficassem para festejar a água que cairia do céu. Dali, já se via o velho longe, com as costas arqueadas, a estatura baixa e a pele pintada em linhas pretas de taquara. Na cabeça, uma faixa vermelha amarrada. Ikuta era um bom líder.

Entramos na aldeia, éramos cinco homens, mais Chico e eu. Foi nesse momento que o jovem homem então se apresentou, Rudá, filho mais velho do cacique Ikuta, viviam ali desde o começo dos tempos, conheciam muitos mistérios da mata, mas ele mesmo admitia, era impossível conhecê-la por inteira. A floresta é uma contínua mutação dela mesma, e nela tudo que adentra se transforma. O homem branco não acabaria com sua complexidade. Rudá nos mostrou que deveríamos ficar ao lado esquerdo da clareira. Perto se via bromélias vermelhas junto aos troncos de árvores e raízes levantadas sobre o chão. Ali, nos acomodamos, do outro lado algumas mulheres e crianças esperavam o início do ritual. Sentei ao lado do pai num tronco de árvore, encostei meu corpo bem junto ao dele, dando espaço para que os outros também sentassem. Senti o calor do corpo de meu pai, o cheiro forte de borracha exalando da roupa da pele. Ficamos todos calados, Chico fixou a atenção lá no meio da aldeia, depois levantou, deu uns passos à frente, em seguida voltou a sentar. Por fim, perguntou ao pai o que iria acontecer, o que estávamos esperando, qual o motivo daquele silêncio? O pai fez sinal com as mãos, pedindo para Chico se acalmar, que ficasse quieto. Chico obedeceu, sentou ao meu lado no tronco. Logo, dois homens de corpos pintados apareceram com cumbucas preenchidas de preparado de ervas. Sem dizer uma palavra soltaram as vasilhas nos nossos pés e voltaram para maloca.

Não demorou para que Rudá viesse em nossa direção. Pediu para que lavássemos primeiro as mãos, o rosto e os pés com o tal preparado, um composto para eliminar os bichos das pestes. Rudá explicou sobre a preocupação do povo da aldeia, muitas doenças apareceram com aquela destruição da mata. Não por uma vez, o curandeiro alertou ao chefe Ikuta, o certo era não aceitar estranhos na aldeia. "O homem é mais perigoso que o bicho selvagem", ele dizia. Mas nosso chefe Ikuta sabia que precisava do povo seringueiro. *Com a união de dois povos consegue-se acalmar o fogo.*

Fizemos o que Rudá nos pediu. O pai se lavou primeiro, depois pediu a Chico para retirar o calçado. O preparado de ervas era perfumado, Rudá nos disse que logo iria começar, esperavam apenas acertar um detalhe. Depois, chamou meu pai em particular, queria lhe dizer algo longe dos outros seringueiros. Os dois se afastaram do grupo e, dali, se via Rudá explicando para meu pai, que concentrado na conversa olhava para o menino com ar desconfiado. Eu me perguntava o que aquele olhar de meu pai significava.

Muito tempo depois, deitado numa rede, imaginei o que passava na cabeça do meu pai enquanto Rudá lhe fazia aquele pedido. Sem dúvida, foi uma surpresa para ele, mas não mais do que foi para mim. Estava com 17 anos, não conhecia nada diferente do que a vida de seringueiro. Entrar na aldeia e participar de uma cerimônia indígena era uma cena excitante, de curiosidade e medo. Também jamais imaginaria a transformação que me ocorreria em participar daquele ritual. Depois daquele dia e dos dias que se sucederam, eu era um outro Zé Bidela. Mesmo agora não poderia afirmar o que aqueles três dias significaram nas nossas vidas, e nem citar todas as mudanças que nos ocorreu a partir dali.

Essa foi uma das primeiras histórias que contei para Joane quando a encontrei em Jenipará. Ela escutou atenta, mas não sei se fazia sentido recordar, porque todos que chegaram em Jenipará tinham suas próprias histórias, talvez até mais penosas que a minha, todos fugiam de suas misérias, do desemprego, das injustiças, carregando nas costas seus próprios fardos.

...cricrió, cricrió... cricrió, cricrió... pela manhã, o homem não estava mais encostado no tronco da pitombeira, foi embora sem fazer barulho, mas escutei um zunido lá fora que me encheu de curiosidade, saí de dentro da árvore para ver. Ali perto passavam muitos homens, de pequenos a homens grandes, um atrás do outro. Parei de cantar assim que os vi. Sozinho, perdido na floresta, tudo ficava perigoso, e vai saber o que eles querem, dessa raça nunca se sabe o que esperar, mas tudo isso tem um motivo. Os homens não sabem voar, por isso agem de qualquer jeito e andam devagar.

DEZ HORAS DA MANHÃ AQUI NA ESTAÇÃO Tapajós 81 FM. *Tem tambaqui no rio, quem come tambaqui, nunca mais sai daqui. Amigos da* Tapajós, *aqui seu locutor, Nelson. Hoje é dia de comemorar, reforçar o prato na maniçoba, comer com fartura e com farofa. Chegou o grande dia. Pela primeira vez em Jenipará, o baile do Boró. Vai ser lá no Galpão do Peixe Fresco, na rua Catiroba, em frente à venda do Valdir. Carimbozeiros da minha estação, eu Nelson, seu locutor, sei do orgulho que é para nossa cidade receber esse baile, que honra essa festa em Jenipará. Uma festa que traz afoxé, banjo, flauta, ganzá e ele, meus carimbozeiros, Mestre Chico Malta, que vem a Jenipará para inaugurar o nosso baile. É festa para ninguém ficar sentado. Ah, e a noite não encerra por aí. O grupo Jaraqui, da nossa Jenipará, que já ensaia faz 3 meses, encerra a festa. É hoje então, às 21 horas, no Galpão do Peixe Fresco. Vamos Carimbozar ouvintes da rádio Tapajós. Patrocínio Açaí de Verdade, porque açaí de verdade é só aqui.*

A música que vamos escutar agora tem letra da poeta Yara Darin, "Burburinho das Águas", que maravilha de poeta, e vocês sabem de onde ela vem? De Minas, meu ouvintes, aqui na Rádio Tapajós 81 FM *toca música de Minas também. Agora, para quem quer a música carimbozeira tem que escutar o nosso programa "Siriá do meu*

Pará", todos os dias às 18h o carimbó encerra sua tarde. É para arredar o móvel da sala e sair no rodopiar da saia. Oh, que maravilha meu ouvinte. Lembrando que o Prefeito de Jenipará, o nosso amigo Jorge Paulo Oliveira está em Belém para negociar recursos para nossa cidade. O Vice Prefeito Lúcio do Cabo, mineiro, chegado ainda antes da emancipação de Jenipará. O vice Lúcio despacha na Prefeitura. Um ótimo dia para nossos governantes e todo o povo de Jenipará. Meu muito obrigado pela sua audiência. Agora vamos escutar a música que vem da terra do nosso vice, "Burburinho das Águas", da querida Yara Darin:

*"ouça o canto da sereia
um cantar de serenata
irradiando um furor poético
imaginário pescador
em águas traiçoeiras.*

melodia e sedução

*lua cheia, barco chegando
notas perfumadas da flora
correnteza que segue.*

*burburinho das águas
magnetiza o vento que sopra
lento e desvalido
disfarçado em fantasia.*

movimentam as folhas
sussurram desejos
são vultos e sombras
ante a procura vã.
silêncio que preenche

o fascínio da noite
tanta espera
Iara relembra carícias
espera o amante
mergulha fundo no rio
indo ao encontro do amor e do prazer."

Quando vi Joane pela primeira vez, meu corpo todo entrou em sinal de alerta. Uma urgência tão grande tomou a cabeça, que não parei de seguir seus passos pelo baile do Boró. Nada era mais importante do que dançar com ela o carimbó. Joane se mostrava mulher bem quista, cumprimentando as pessoas de Jenipará como se as conhecesse há tempos. Eu me perguntava de onde ela havia surgido, num lugar pequeno daqueles, impossível nunca a ter visto. Joane era alegre, de um bronzeado que poderia se dizer mulher habitante do rio. Uma sereia a me golpear as virtudes, senhora dos peixes, deusa do rio e agora dona de mim. Joane, a mulher dos meus sonhos, no primeiro baile de carimbó de Jenipará. Fiquei à espreita, do outro lado da festa, esperando a oportunidade de chamá-la para dançar. Quando parou numa roda de amigos, atravessei o salão com a intenção de me aproximar. Joane, um pé com ossos delicados, uma corrente de estrelinhas no tornozelo, um cabelo negro emaranhado na borda do decote da blusa, uma saia florida e um olhar de quem também poderia me amar.

Nunca fui homem atrevido, de certo, desajeitado, sempre esperei um sinal, desses que as mulheres bem sabem dar, dizendo sem dizer, que a gente é bem-vindo. Agora, toda essa minha polidez, de homem respeitador, nada me valia. Fiquei por ali, a uns três passos de Joane, sem nada acontecer entre nós. Buscava seu olhar, a todo momento, mas ela, fascinada, prestava atenção no palco. O grupo de carimbó do Mestre Chico Malta tocava para arrepiar cabelo, as saias subiam às alturas. Era possível afirmar que ninguém ficaria sentado, coisa para registrar na história de Jenipará, e justo por isso, sabia que Joane logo logo também sairia dançando pelo salão. Assim, repassava na minha cabeça como iria me aproximar. Sou Zé Bidela, moro em Jenipará faz dois anos, vim do Seringal Baldaceiro junto com minha família, descendo os rios na embarcação do Jacinto. Refazia a fala na cabeça e me angustiava, porque seria estranho num baile em que todos dançam antes mesmo de dizer um "oi", eu abordá-la com toda essa formalidade. Decidi, então, perguntar se ela queria dançar. E se ela dissesse não, o que faria? A indecisão me consumia e, eu não ficava nem avançava, até que surgiu bem do meio do fervo, no centro do salão, o companheiro Sergio. Ele caminhava em direção a Joane, com seus olhos de cobra grande. O perigo de perdê-la para Sergio me chacoalhou num solavanco e sem pensar me precipitei em dois passos para segurar sua mão. Joane me olhou um tanto assuntada, mas logo sorriu me seguindo pela festa. Saímos a serpentear pelo salão sem desgrudar um do outro, e por incrível que pareça, não vi mais Sergio naquela noite.

Dançamos como se tivéssemos dançado desde a infância, como se Jenipará sempre tivesse existido. Não recordo a primeira palavra que falei para ela, porque quando me dei conta já conversávamos fazia horas. Nem sei definir o que nela me chamou atenção, se o olhar firme fixado no meu, a mão precisa no levantar da saia, os movimentos na dança do carimbó ou a forma como pronunciava meu nome. Um jeito tão diferente que me sentia outro, um homem corajoso, forte, amoroso. Aquele nome, meu nome, Zé Bidela, saindo da boca de Joane chamava dentro de mim um ser capaz de enfrentar o pior dos problemas, capaz de derrotar um exército de milhares de soldados. Era surpreendente como me sentia bem ao seu lado e ela sorria para mim toda vez que começava uma frase, como se pedisse licença para contar uma nova história. Joane era duma delicadeza jamais vista, e eu me perguntava se aquela impressão não era mero encantamento de um homem arrebatado. Enchia-me de hipóteses sobre ela, sobre o futuro, sobre nós, sem nada mencionar daqueles devaneios, já que não queria assustá-la.

Seja como for, adentramos à noite entre a dança de carimbó e o intervalo para tomar um suco de taperebá em frente ao Galpão do Peixe Fresco. Não desgrudávamos nem para ir ao banheiro. Eu me plantava ao lado da porta, esperando sua volta, e que volta, aos meus olhos, Joane retornava mais serena e bonita. Por um momento naquela noite, observei meu entusiasmo exagerado, e entre aproveitar o prazer da euforia que a paixão promovia no meu corpo e o desalento da sensatez, mil vezes amar Joane. Mesmo precipitado, mesmo por uma noite, mesmo se Jenipará desaparecesse invadida pelo rio, ainda assim valeria a pena cada segundo com ela.

Por volta das duas horas da manhã, o baile chegava ao final. Garçons, dançarinas, músicos já mostravam nas caras o cansaço e a minha cabeça começou a fervilhar. Procurava uma forma de convidá-la para continuar a conversa, quem sabe um passeio na volta da Pedra Grande. Uma lua cheia iluminava a noite e ali na temperatura amena, longe de todos, poderíamos saber um do outro. Joane quis pegar a bolsa, convidou para que sentássemos um pouco, então vi seu movimento, colocando as sandálias, sinal de que logo voltaria para casa.

Posso levar você? Perguntei, tentando prolongar ao máximo nosso tempo. Ela fez sinal com a cabeça, como se fosse óbvio que a gente permanecesse juntos. Ao sair do Galpão do Peixe Fresco, beijei Joane pela primeira vez. Seus lábios entreabertos pegavam fogo, e avancei em extremo cuidado, tomado por um medo terrível de que ela se assustasse e viesse num salto a recuar. Não suportaria sua rejeição, mas Joane avançou também e pude sentir o sabor de taperebá de sua saliva. Nossas línguas denunciaram a excitação como se as águas do rio Jarurema estivessem prestes a acordar. Encostei meu corpo no dela e seus seios em cachos de gongora me apontavam o peito. Eu a queria, e só sabia querê-la.

Caminhamos dali até a costa do rio. A cidade deserta exalava o perfume de mil damas da noite, e dos postes reluzia uma luz amarelada a conduzir nossos passos. Avançávamos aos poucos, porque de tempos em tempos parávamos em beijos longos e desesperados. Não poderia definir quantos minutos levamos para chegar ao Jarurema, mas assim que a areia tocou nossos pés toda a paisagem de Jenipará nos aflorou os sentidos. A lua refletida no rio trazia uma noite clara, e andamos até o outro lado da Pedra Grande, atravessando a ponta do Cururu. Lá, uma enseada se abria no braço do rio e reinventava a vegetação, e nesse trecho isolado da encosta, nos esparramamos perto das raízes de uma samaúma e de uma palmeira de fruto negro. Era possível ver uma ararajuba no galho próximo da margem, se mantinha imóvel como se esperasse o mundo ressurgir para contar sua história. Toda ave em Jenipará tem a sua própria lenda, me disse Joane.

E a ararajuba, quem é? Perguntei. Dizem que a ararajuba foi um presente dado pelo grande Tupã a uma guerreira que salvou a sua tribo da miséria, ela conta. E a voz de Joane preenchia toda enseada, uma voz que vem das pedras, das plantas, a voz de Joane vem do rio. Uma bruma a nos envolver e eu recordo do dia que cheguei em Jenipará, uma alegria me tomava, enfim, a terra prometida, e a vida leve para respirar como agora é, ali diante de Joane. Se ela soubesse tudo que estou sentindo, a forma que escuto as palavras que saem de sua boca. Se soubesse da vida de seringueiro que deixamos para trás e de tudo que nos passou no Seringal Baldaceiro, entenderia o motivo de toda a excitação com o agora. O que temos mesmo? O agora e o cheiro de cupuaçu de seus cabelos a refletir o prata no negro em cada um de seus fios, por essa lua feita em eclipse que ocorre de mil em mil anos. De uma trajetória que seguimos juntos até o final dos tempos. Beijo como se engolisse o mundo e milhares de colibris invadem nossa saliva, nosso sangue a percorrerem sonhos, a decifrarem cada pedaço de paraíso que nos acomete. Retiramos nossas roupas e a toco por inteira. Por fim, estamos nus diante um do outro, porque apenas nus somos nós. Então, toco as tuas têmporas, percorro tua nuca e beijo o pescoço. Teu corpo estremece e soltas pequenos sussurros chamando-me para o leito. Seguro tua cintura e a arrasto à minha pele. Deitamos protegidos pelas raízes da samaúma e ali o mundo se renovava. Mulher, teus seios de gangora apontam o destino. O que temos mesmo? O agora, e pego tua fonte em minha mãos. O jorro de uma natureza a fervilhar em água quente e a queimar meus dedos. A sugar tudo que temos aqui para dentro do mundo. E o fruto negro espalhado pelo chão mancha nossos corpos, o mesmo fruto nutritivo da palmeira que foi capaz de salvar o povo da mata, também nos nutre a pele, as almas. Ali, também, a ararajuba de penas coloridas empoleirada no alto da palmeira. Quem é a ararajuba? Porque todo pássaro é uma história de amor não contada, todo pássaro é uma lenda em Jenipará. Ararajuba é o amor de uma mãe pela filha. É o presente do grande Tupã para Aiça, guerreira ancestral, que ao ver a filha e seu povo morrendo desnutrido, encontrou na floresta o fruto negro. O que temos mesmo? O agora, e nossos corpos tingidos pelo líquido negro do fruto macerado pelo peso de dois corpos. Açaí. E somos também a ararajuba e seus múltiplos pássaros, o amor é o maior presente de Tupã. Penetrados em ti em mim. Eu te avanço e tu me avanças, ave uividosa a me lamber os caninos. Somos humanos. E a ararajuba? É o amor, o encontro da ave sedenta pelo fruto nutritivo.

O amor tem cheiro sabor. Salva a aldeia, fruto negro, é o açaí.

rrrruiiiiiiii rtttrrrrruuuuu raaaaaaa rrrrrraaaaa rrrrruii-
iiiiiii rttttrrrrruuuuu rrrruiiiiiiii rtttrrrrruuuuu rrrrruii-
iiiiiii rttttrrrrruuuuu raaaaaa rrrruiiiiiiii rtttrrrrruuuuu
aaaaaarrrrrrr rrrrruiiiiiiii rttttrrrrruuuuu rrrruiiiiiiii arrrr-
raaaaaa rttttrrrrruuuuu rrrrruiiiiiiii rttttrrrrruuuuu rrrruii-
iiiiiii rttttrrrrruuuuu aaaaarrrrr rrrrruiiiiiiii rttttrrrrruuuuu

Antes do dia clarear, acordamos com o grito de uma ararajuba. Tocamos um ao outro, abraço, beijo, cheiro, pescoço, cabelos. Joane se levanta, sorri do mesmo jeito que sorriu quando lhe convidei para dançar, e logo caminha em direção ao rio. Vi seu corpo nu atravessar o areal, as curvas da cintura, a bunda, as pernas, tudo nela cheio de vida, tudo nela integra a natureza, ela, a paisagem. Tive vontade de segui-la, mas ainda não havia me recuperado. O sono, a canseira e a loucura daquela noite agora pesavam sobre meus ombros. Enquanto Joane, em sua liberdade, entra na água aos poucos, faz movimentos de ir e vir com as mãos. Dona das águas, movimenta-se em sua dança, a vida do rio. De repente ela se vira para mim e grita: – "uma arraia." Ergo-me num salto e corro pelo areal ao encontro de Joane, ainda não sei que é ela a mulher que comanda o rio e que todos os seres da água a obedecem. Em minha inocência, peço que fique calma, que movimente as mãos, as arraias costumam recuar. Ela me faz sinal, a arraia partiu. Joane então confiante entra de corpo inteiro na água, e eu mergulho atrás dela, seguro sua coxa, ela solta um grasnido de espanto, depois se aninha nos meus braços e tudo outra vez igual antes. E eu, que pensei ter vivido de tudo nesse mundo, experimento agora o amor de uma mulher.

A ararajuba dorme no topo da palmeira.

...cricrió, cricrió... cricrió, cricrió... de pitombeira a jatobá, de jatobá a pitombeira, eu esquecia e me lembrava dos meus, lembrava do peito estufado, e esquecia da penugem cinza, depois me lembrava do bico adunco... e assim passei de topo em topo, correndo floresta. Solto, sozinho, salpiquei à procura deles, nada de ninguém; parece que no redemoinho da confusão cada um puxou a floresta para si e ali dentro fez dela o que quis, porque verdade é, cada um tem a floresta que acredita, e tenta salvá-la como pode ou tenta se salvar como dá. Ah! É que ser é ser, é homem, é bigodeiro, é açu, é urutau, é sendo, é.

...canta, grita, fala, às vezes fica mudo, mas caso comunique é para puxar a Amazônia para o próprio umbigo e a partir dela conquistar seus frutos.

De lá para cá, no ranger de uma rede, contando uma duas três nuvens correndo em lerdeza, foi que, muito tempo depois, me peguei pensando nos motivos de ser eu o escolhido. Nem sabia desses rituais da chuva, que faz o dia virar noite, que faz uma nuvem vazia se transformar numa nuvem carregada e precipitar pingo de pingo a molhar as folhas secas. O povo de Rudá conhecia os movimentos do pau de chuva, na dança, nas cantigas. Inventava força de vento, trovão, tempestade para trazer chuva à floresta. E eu sabia riscar pau de seringueira, tirar leite do tronco, não sabia nada de ritual. Talvez, bem por isso, desconfiei aquele dia, e continuava desconfiando até aqui. Seja como for, nenhuma resposta me vinha à cabeça. Por que me chamavam para guiar junto deles um ritual do qual nada conhecia? Anos pós anos, me perguntava, tinha ali Pascual, velho matuto, tinha Devaldo, tinha Aluizio, até o pai Celso, sábio que era, capaz trazer força de água.

E mesmo depois de estudar em Belém e perguntar à gente da cidade, ainda assim ninguém tinha uma resposta. Tempos mais tarde, quando já estávamos no Baixo Amazonas, perguntei ao Chico o que ele achava do ritual, mas ele respondeu que não se lembrava de nada do que nos aconteceu aqueles dias. Deu meia volta e saiu de perto para não continuar o assunto. Isso ficou por anos martelando meus pensamentos, e foi uma das histórias que contei para Joane. Ao pé da sumaúma, ela escutava atenta, querendo decifrar o mistério. Outra vez, numa noite de lua cheia, quando estávamos ao lado de uma fogueira na ponta do Cururu, retomei o assunto, busquei na memória tudo que acontecera aquele dia. Joane era uma mulher atenta, sabia sobre os espíritos primitivos da floresta, dona de um conhecimento ancestral que não se encontra nos escritos, a sabedoria de entender o que a natureza diz. Seria ela capaz de compreender o ritual de dança da chuva e tudo que me aconteceu naquele dia?

A PRIMEIRA MEMÓRIA QUE ME RECORDO foi o som de dentro das malocas. Entrei junto a Rudá na tenda de preparação. Ali, iríamos nos purificar antes de começar o ritual. Dança e música para acordar os céus em bruscas condensações atmosféricas. Pingos graúdos de água precipitados sobre nossas cabeças. Uma chuva forte que durasse de cinco a oito dias. O necessário para aliviar a floresta da quentura e do fogo. Salvar as seringueiras, os curiós. Salvar o rio, a mata, uma chuva que salvasse a gente.

Pintamos os corpos com as tintas feitas por uma velha índia. O vermelho, extraído do urucum. O preto, do jenipapo; e a velha pila bem pilado a polpa da fruta até extrair o azul de jenipina. "Tipikiki, guerreiro experiente, entoa ritos e traça nos corpos dos guerreiros os símbolos de força para se deixar de ser quem é. Para ser todos. São os preparos para o Kaiapi. Riscos de taquara nas pernas e nos braços. No peito e na cara, as pontas dos dedos desenham o traçado.

As pinturas no corpo e o bate-bate do chocalho marcam os passos e evocam, aos poucos, toda a força possível para acordar o temeroso dono da chuva. É preciso ser guerreiro treinado na selva, passar pelas provas de dez obstáculos do povo da floresta. Uma prova mais difícil que a outra, nem todos conseguem, por isso somos poucos, não mais que dezessete guerreiros. Isto me preocupa, porque para revirar a energia do mundo, para despertar o Rupave, criador antes de criar o que existe e o que existirá para sempre, nossos guerreiros devem se unir no estado da loucura. Tomar o uaipiá e dançar ao redor da fogueira entre a fumaça formada pelo chá de ervas de alecrim, sálvia, urucum; e rodar no passo a passo sem nenhuma consciência, nem ideia.

O guerreiro Tipikiki nos organiza em fila e serve numa cumbuca a quantidade de líquido de uaipiá certo para cada homem. Toma-se em goles longos, com cautela, para o efeito não se apresentar antes do ritual. Aí, na batida do pé, no ritmo da dança, é que soltamos os pensamentos e vamos nos unindo por uma linha imaginária que passa na altura do coração. É nessa hora que se desfazem as magoas, os ressentimentos, as impurezas, pois só o homem livre é capaz de chegar ao Rupave, encarar frente a frente o Deus dos Deuses.

Cantando, o guerreiro Tipikiki risca nossos corpos. Tronco e membros recebem os desenhos e as cores que fortalecem a alma, e antes de iniciarmos o cântico da chuva, agitamos os maracas. É o choque da terra com a pedra dentro da cabaça do instrumento que desperta o espírito da selva e faz crescer as plantas novas. Milhares de brotos aparecem no solo.

Saímos em fila das malocas e recebemos pelas mãos do xamã o pau de chuva. Uma estrutura comprida de fibra vegetal e sementes que agitada num movimento de cima para baixo, e outra vez, simula o barulho da água a cair sobre a floresta. O chocalho de pé só é preso no tornozelo quando a pintura do corpo estiver pronta. Itu-ituré, o maestro da cantiga, dá o primeiro sopro na iruá. Depois, faz silêncio e levanta os braços aos céus, sinal de alerta, é hora de iniciar.

Todos entonam as vozes no mesmo ritmo:

Y iguaçu inê bô a noiê
Y ty y ty inê ybyrá
Y ty y ty ipê ybyrá
Oka oka yburá
Pirá iguaçu noiê aba â
Pirá iguaçu noiê mapã a noiê
Gûyará tebe mã no â
Gûyará tebe mã no bô noiê

Rupave xhua xhua patlonê
Rupave entê entê paltonê

Ia lê ia a a lê lê
Ia lê ia a a lê lê
Ia lê ia a a lê lê

Y iguaçu inê bô a noiê
Y ty y ty inê ybyrá
Y ty y ty inê ybyrá
Oka oka yburá
Pirá iguaçu noiê aba â
Pirá iguaçu noiê mapã a noiê
Gûyará tebe mã no â
Gûyará tebe mã no bô noiê

Rupave xhua xhua patlonê
Rupave entê entê paltonê

Ia lê ia a a lê lê
Ia lê ia a a lê lê
Ia lê ia a a lê lê
Ia lê ia a a lê lê
Ia lê ia a a lê lê
Ia lê ia a a lê lê

Rupave abo mã prõtõtü
ti ne tê abo mã prõtõtü ti ne tê
Bo Rupave abo noiê ê
Iãna naiã bãpuare ti ne te
Mã potõtu lê
Ia lê ia a a lê lê
Ia lê ia a a lê lê

Rupave aboô ili i noeê
A-bo-to
Heyiiiiiii!!

A carne arde, do estômago ao fígado, do sangue à saliva. Poro a poro se dilata, respira. Da energia trêmula de uma riqueza humana ao fogo no centro da Terra. Tudo se conecta. Meu nome se mistura ao nome dos meus para ser o nome de todos, o nome de ninguém. Eu já não me chamo Zé Bidela, nem me chamo Uruvati, seringueiro, filho de Zeli. Tudo que na volta se vê, se desdobra. Nada é tão forte, tão delicado, mas na medida, que vai se precipitando dentro dos nossos corações, o amor do mundo se juntando nesse espírito, na força das palavras, na energia da música, na batida dos pés. A língua intumesce de alamandas; fóveas e narinas retumbam magias, pernas e braços tomam-se de penas agitadas no ar. As vozes de dentro se calam, e já não seguro a mente, flutua feito ave a procura de árvore, procura o seu lar, o mesmo lar que defendemos, que lutamos. Aí estamos, quando já não sabemos falar, nem pensar. Quando nada se sabe ser menos que o ser mais puro. Então, sentimos o amor, porque antes éramos um rio assoreado, detido pelos resíduos do homem, e agora rio, que se debate nas pedras, na fonte, encontra por fim uma nesga de mundo para livre correr. Volta ao seu percurso na ideia de existir rio. O rio. Aquele que faz o homem nascer, e depois morrer; aquele que faz a floresta girar; aquele que faz as asas de um pássaro se abrirem, faz a garganta cantar e os céus se precipitarem. Não existe aldeia ou cidade sem rio, não existe mundo, nem mesmo desejo. Somos sempre água, rio nascendo nos ossos, nas veias, nos pensamentos.

Em círculo, continuamos um atrás do outro no mesmo ritmo da canção. Sem dissuadir por um segundo que seja, sem fechar os olhos que não para se unir a Rupave. As pedras acumuladas no centro aquecem, a fogueira sobe às alturas. Labaredas soltam o perfume das ervas de um preparo colocado de tempos em tempos sobre as pedras quentes. Itu-ituré gira em torno do próprio corpo e olha para os céus. Nada. O céu limpo.

Penso em meu pai, em Chico, penso no motivo que nos levou até ali, e depois esqueço, logo não sei mais quem sou, toma-me de assalto a desconsciência da floresta que tudo sabe. Sei do giro do pescoço da ararajuba, sei que os pequenos chilinquis, as piabas e os brycons sentem fome, querem as frutinhas, as sementes da raízes submersas nos troncos de jenipapeiros. Não encontram nada. Os matrinxãs com suas nadadeiras alaranjadas, suas caudas escuras, nadam também nas linhas marcadas no meu corpo. O mundo gira, gira a minha volta. Continuamos.

Três horas depois, estamos ainda cantando, e vários daqueles que esperavam por ali, em pé, assistindo ao Kaiapi, sucumbem a canseira das pernas e sentam para aguardar numa esperança descabida que o Deus morto acorde num Deus tempestade. Exauridos, depois de tempo incontável, o céu ainda desanuviado, o sol em travessia impecável. Não tivemos nenhuma manifestação. Rupave não apareceu, nem um pingo de água caiu sobre nossos ombros. Nada que pudéssemos denominar de chuva. A dança, por mais ritmo, por mais força, falhara. Todos nós que comemos da floresta e do rio, o que iremos fazer? Nada além de descer a mata em busca do confronto. Buscar o sangue do inimigo como forma de salvar a casa. São eles, estranhos que invadiram a terra, que prendem fogo nas árvores, querem nos acuarem com a fumaça, com os gritos dos picarias em chamas, com os gemidos de tristeza dos jenipapeiros. Como é possível um fogo que vem do cume da árvore ser tão rápido?

...cricrió, cricrió... cricrió, cricrió... não posso imaginar quanto tempo havia passado, mas ali do alto da pitombeira não avistei uma alma viva, nem noite. O fogo faz isso, afugenta e separa. Nesse infortúnio, segui em direção ao rio, dali vi a coisa se resumindo... e se os meus voltarem, por aqui não passam por falta de reconhecimento. Nunca vão pensar que pertenceram a essa terra. Quem vai imaginar que antes aqui era a nossa floresta? Caminhei, de muito a pouco, de pouco a muito, tentando me distrair com o nascimento de uma nuvem, a presença de um pássaro, um ataque de formiga... alguém aí, alguém me escuta? Alguém se lembra? Não senti nada a não ser medo de mim, porque nessas horas que o desespero aparece ao redor em odor acre sofrendo de impaludismo que se faz necessário vibrar o que se tem por dentro e mais do que nunca ser o que se é. Fixar a ideia no longe. Viver o presente é para quem pode desfrutar. Melhor mesmo é escolher o futuro, mesmo que lá na frente se encontre um engano.

DE MANHÃZINHA, NUM PASSO CURTO E DESENXAVIDO, Morocha vence a Avenida Pedro Francisco da Silva, cruza o Posto Nunes, o Recanto do Matuto, a Escola Julia Gomes de Araujo. Carrega nos olhos a tristeza, e nas mãos um carrinho de madeira com seus milagres. Por volta das sete horas, faz o mesmo trajeto até alcançar a igreja. Cumprimenta o Padre com a cabeça carunchosa de quem não dá importância a nenhuma coisa. E segue, percorrendo as ruas de Tacaratu. Sua direção a Deus pertence. Sabe-se apenas que a ela está designada a cura dos males da cidade. Não a miséria e a seca do sertão pernambucano, mas nela, muitas pessoas na cidade viam alento, e acreditavam que Morocha, de uma forma ou de outra, chegaria aos necessitados, ou por uma dor no joelho, ou por uma dor no rim, ou por uma infecção urinária, uma gripe, uma alergia, a tudo se tinha uma erva que pelos poderes indecifráveis das suas mãos, bem escolhia.

No entanto, nem sempre foi assim, no começo, as línguas afiadas dos moradores de Tacaratu a chamavam de charlatã, mulher bruxa, mulher maldita. A insultavam por não entender suas práticas de cura. Grande parte do conhecimento de Morocha vinha dos Encantados e do ritual da Cansanção. Perto dali, na região rural de Tacaratu, mulheres do povoado se vestem com roupas de palha, de cabeça coberta, e manto colorido cobrindo as costas, para dançar numa festa que evocava espíritos de cura. Os Encantados, como são chamados, andam em roda, carregando primeiro um chocalho e depois o galho verde de uma árvore poderosa, de nome cansanção. Cantam e dançam e passam em volta das crianças, assim afastam os maus espíritos, e as curam e as livram dos males. Os meninos doentes chegam à festa levados pelos pais, para no final, saírem todos alegres de alma e de corpo sadio. Uma sabedoria passada de geração em geração. Morocha aprendeu com sua avó todos os rituais de salvação, a corrida do Imbu, a dança de torés e a queimação com as ortigas de cansanção. Foi por isso que virou a louca das ervas, a Morocha, que bem no início não passava respeito, e era destratada por grande parte dos moradores de Tacaratu quando carregava seu carrinho de ervas e milagres.

Um dia o filho do Gilson, morador da rua Oito de Tacaratu, caiu em desgraça, em febre de quarenta graus a pique. O corpo salpicou de borbulhas de sangue, o moleque nem abria os olhos. Retorcia os membros numa cama em gritos que arrepiavam até o ventre de sua mãe. A mulher, Dona Fermina, depois de três semanas, vendo o filho agonizar, chorava quase sem esperança. Em desespero, o pai do menino vendera a vaca carará por pouco mais de nada, para trazer o único médico da região. Dr. Gaston deu-lhe um xarope dos fortes, poderoso, segundo ele, com cheiro de suor de cavalo, estranho, mas tampouco adiantou, o menino ainda estrebuchava de dor, numa intensidade tal que se pensava em morte.

Assim, Gilson saiu pela porta da casa, numa desorientação tal que nem sabe como desceu a rua Oito. Quando se deu conta estava na avenida principal, andava sem rumo, esquecido que ia em direção à igreja pedir um milagre para Nossa Senhora dos Prazeres. Já havia prometido na fé e desprometido na raiva o que podia e o que não podia. Agora rezava uma reza milagreira, que só um homem a ponto de perder o filho pode rezar, e seguiu caminhando pela Avenida Pedro Francisco da Silva. Dali, de sua visão turva, de quase não enxergar nada, viu Morocha vindo ao seu encontro. Lembrou-se de uma história contada pela comadre Maria, que teve o filho curado pelas benzas da Morocha. Ele até então não acreditava, dizia que era feitiçaria de caboclo, dessa gente que nem conhece a cidade. Agora, sem pensar nos preceitos da Santa Igreja Católica, ao cruzar com a benzedeira, chamou-a sem pensar em nada. Queria que ela o acompanhasse até a casa na rua Oito e cuidasse do seu filho. Morocha, a louca das ervas, foi recebida pela mãe do moleque, Dona Fermina, num choro convulsionado. Entrou na casa de Gilson sem cumprimentar ninguém, e seguiu em direção ao quarto onde estava o menino. Encerrada dentro de si mesma, estendeu os braços sobre ele, tocou-o na testa, no peito, percebeu que a coisa era mais grave do que pensava. Não sabia se já não era tarde para reverter o sofrimento. Vestiu sua máscara de fibra de caroá, esperou uns minutos para sentir a alma do moleque e logo evocou o canto do Praiá. Dançou o toró, batendo maracás e os pés ao redor da cama, chamava os espíritos de cura dos Encantados. Bastou-lhe dez minutos para encontrar as ervas contra o mal que derrubava o menino, procurou as porções no seu carrinho dos milagres. Entre canelinha de perdiz, dimiana, uxi amarelo, sacou um punhado de uva ursina. Depois um punhado de losna, mirra e um galho verde da cansanção. Bateu com o galho no corpo do menino gritando alto coisas que ninguém ali entendeu. Depois, deu uns ramos de ervas para a mãe, explicou como as deveria usar em não mais do que duas ou três frases, coisa simples, e saiu pela mesma porta que entrou, sem nenhuma palavra, nem mesmo um passar bem para Fermina e Gilson.

Dois dias depois, se viu o menino correndo pela avenida principal, tomando um sorvete de milho. Alguns até duvidaram, pensaram em assombração, alma penada, mas quando Dona Fermina chamou o menino pelo nome e ele respondeu, a notícia correu por Tacaratu como rastro de pólvora. Morocha, a louca das ervas, curara o filho do Gilson com uma dança esquisita e um punhado de ervas. Um milagre. Como isso acontecera? Já se falava em desengano, em velório, na dor de uma mãe que perdera o filho. Agora o menino brincava pelas ruas da cidade, como se nada houvesse acontecido. Como uma louca, uma mulher sem estudo, poderia encontrar a cura de tal mal?

Padre Dias, confiante nos recursos da Medicina do Dr. Gaston, entendeu que um fenômeno ocorria na sua cidade. Verdade era que até a novena para Nossa Senhora dos Prazeres, feita pelas corolas da igreja, não adiantara. Procuraram a mãe do menino. Queriam saber os miúdos, os pormenores. Aquilo era um ritual ancestral do povo da floresta ou era uma reza poderosa de Deus? Era uma santa ou uma bruxa possuída? A mãe sentiu-se desconcertada com tantas perguntas, a chamavam de todos os lados para contar o ocorrido. Primeiro, resistiu em falar sobre o caso da cura, preferiu se desculpar, responder que estava cansada por causa do acontecido. Resguardava-se por conta de uma dor de cabeça terrível, depois, vendo que seria impossível fugir do assunto, Fermina contou para Marilse, uma carola ocupada com as coisas de Deus, que Morocha curou seu filho com um punhado de ervas e uma dança com os pés; para Valdirene, contou que foi com um punhado de ervas, dança com os pés e giros ao redor do corpo; para Lucinéia, explicou que foi com um punhado de ervas, dança com os pés, giros ao redor do corpo, e gritos de animais. A história se espalhou por toda parte, era verdade, uma bruxa vivia em Tacaratu. Assim, de boca em boca, de história em história, o Padre quis saber detalhes sobre aquele alvoroço, chamou a mãe do menino à igreja. Fermina, cedo, já estava rezando ajoelhada num dos bancos da igreja para Nossa Senhora dos Prazeres, esperava o Padre. Algo importante tinha a dizer. Passou ao confessionário. O Padre indagou as minúcias do ocorrido, mas Dona Fermina urgia para outro lado. Um pecado terrível cometera, um pecado que mãe nenhuma poderia se permitir. Fermina queria contar ao Padre, pedir clemência a Deus, mas a voz lhe faltava, soltava apenas grasnidos, lágrimas e incoerências. O Padre Dias não entendia uma só palavra. Pediu calma, que respirasse em silêncio, pois nada do que a mãe dizia fazia qualquer sentido, buscou um copo de água à mulher. Então Fermina falou, havia desejado o filho morto. Se culpava agora, mas havia inclusive organizado em sua cabeça o enterro do menino. Imaginava as visitas de pêsames, os presentes de conforto, os grupos de orações pela alma do menino, criava em sua mente a imagem dela sendo recebida pelas mulheres da igreja, a cidade inteira convalescida com a dor de uma mãe viúva de filho. *Pobre Fermina. Mulher dedicada à família, perde o filho tão jovem.* Sofrimento é para aqueles que ficam, ainda mais para uma mãe amorosa como a Dona Fermina. Por onde passasse, iriam lhe oferecer piedade, e talvez um pedaço de bolo de milho e um chá. Um chá fresco e quente para reconfortar seu coração. O Padre Dias nada falava, observava a mulher à frente em silêncio. Fermina, agoniada, mudou de assunto. Verdade era, a louca das ervas salvara seu filho, mas sabe-se lá qual feitiço usara, qual magia demoníaca aplicara sobre o menino. Será que o menino seria o mesmo? Tentava ela se livrar da penitência e plantar a dúvida na cabeça do Padre. Mudara de assunto e agora mostrava-se uma mulher frágil e preocupada.

Erva daninha, olho de caranguejo, trombeta de anjo, fava de Santo Inácio. O que teria mesmo dado ao coitadinho? Dona Fermina perguntara ao Padre, mas ela mesma não sabia dizer. Era um punhado de ervas de dentro do carrinho de madeira, umas ervas fedidas, ervas com cheiro do mal.

O menino ficou bom, não é? Disse o Padre. Ficou bom sim, senhor seu Padre, curou antes do raiar o dia. Eu pergunto ao Senhor seu Padre, quem cura assim tão rápido? Quem fica bom na aparição de uma única lua? Não lhe parece coisa mandada? Quem desengana na rapidez de queda de uma estrela cadente? A verdade é que não sei o que acontecerá depois disso com meu pequeno. Tenho é medo, uma aflição me come no peito.

Dona Fermina, diz o Padre, importante é o menino estar bom, saudável, comendo arroz e mandioca em prato fundo, a gente sabe que é estranho, mas fique calma, clame a Deus e à Nossa Senhora dos Prazeres por misericórdia, e ademais, vamos é aguardar os acontecimentos, ainda tem muitas luas para atravessar o céu de Tacaratu. Deus abençoe a senhora Dona Fermina e perdoa por pensamentos não maternos. Esqueça a vaidade Dona Fermina, a senhora é mãe e seu filho está de volta. Vá com Deus e reza dez Aves Marias e o Pai-Nosso todos os dias.

Fermina saiu do confessionário tranquila, rezou um pouco de frente para o altar da igreja, pedia por seu marido Gilson, pelo seu filho e em especial por ela. Era para agradecer, pois aquele caso tinha um final feliz. Antes de deixar a igreja, depois de mais ou menos uma hora de reza, passou no banheiro. Ali, olhou-se no espelho, viu uma mulher ainda de pele viçosa, de olhos vivos. Mexeu nos cabelos negros, de seda, escorrido pelas costas, caído aos ombros. Reforçou o batom nos lábios. Arrumou os seios fartos dentro do sutiã, ainda empinados. Sorriu vendo o decote decorado com a corrente delicada e a medalhinha de Nossa Senhora. Um colo e uns peitos de respeito. Um pescoço fino e comprido. Uma mulher bonita, concluiu, uma mulher bonita pelas ruas de Tacaratu, em último, ainda chamava atenção dos habitantes da cidade.

NA NOITE DA LUA VERMELHA, CRUZAMOS A MATA. É tristeza ver que a seca destruiu tudo pelo caminho, e maior ainda é a decepção de saber que não fomos capazes de combater esse mal à terra. Tivemos as forças exauridas, os limites ultrapassados. Sossego e desassossego na espera de uma nascente. Conduzimos o Kaiapi sem nos subordinar a nada diferente que o nosso próprio amor, mesmo assim não fomos suficientes. Fizemos o ritual tal qual a tradição, com o pensamento puro, mas nós, é verdade, falhamos. A chuva não era o desejo dos céus. Foram horas intermináveis, concentrados na busca do dono da chuva. Caminhada, dança, instrumentos tocados ao redor da fogueira, na volta das pedras. Até o primeiro guerreiro cair, e como árvore derrubada uma sobre outra, todos os outros guerreiros vieram ao chão. Ali, o final de uma etapa, e o cacique vê com sabedoria, a resposta agora a sua frente. Os seringueiros não vieram à toa. Aqui forma-se o grupo para a guerra. A guerra de povos da floresta contra o homem invasor.

A guerra é simples, quem não sabe? Se mata ou se morre, mas entre uma coisa e outra, há o indefinido, uma força que nos pede a mudança. A guerra é a esperança da transformação. É ingênua e solitária. Suas regras são do mundo e surgem da natureza e nela não há verdades nem mentiras. Por isso, que sempre nos liberta em seu tempo, em químicas de encontros, nas linhas conduzidas pelos astros. Regras, que decerto, podem ser transformadas quando os corações dos homens se encontram na liberdade de suas próprias escolhas. É um ensinamento que não vem da escola, nem dos livros, nem mesmo do pensamento: é uma sabedoria que vem do silêncio, do olhar atento ao movimento da matéria que nos cerca. Vem do nosso próprio espírito quando encontramos a água, quando encontramos a chuva.

Todos os seringueiros, os 17 guerreiros do povo da floresta, incluindo Zé Bidela e eu, seguimos. Juntos, carregamos as armas, carregamos a nossa história. A seiva que corre nos estipes é também o sangue que nos nutre, a mesma substância que nos rasteia a alma. Estamos indo para o confronto. Nós, guerreiros treinados, com a técnica do homem junto à natureza. Rupave não se mexeu, nenhum de seus braços foi capaz de lançar água para terra. Como é possível julgar o Deus de todos os Deuses, Rupave sempre sabe o que faz e em sua indiferença nos diz que quer a guerra. Ele conhece a verdade, duas ou três horas de chuva não resolveria todo o nosso suplício. Poucas horas de chuva não eliminariam a seca. É provável que em uma semana a seca retome ainda mais intensa para deteriorar até o último dente, para extirpar a carne fresca, esgotar seu sulco até o rigor. É provável que a pele se rasgue no menor esforço e a gente vire osso. Calcário. Pó.

No silêncio de Rupave, se entende a verdade, não há outro caminho se não o confronto. Avançamos para onde eles estão, na região ribeirinha. Vamos para expulsar a gente que desconhece a sua própria matéria. Tomar as motosserras, os equipamentos. É povo que faz da tecnologia seu único deus, eles mal sabem que entram em um lugar sem volta, arriscam perder a carne, os olhos, a língua e os dentes, justamente porque a natureza não consegue dar conta de tanta destruição. Eles usam o tempo para aprender como destruírem a si mesmo. Usam para destruir o mundo, todos nós. Gente que o governo manda destruir a mata e plantar o mal. Eles montam seus acampamentos, com suas máquinas estranhas, sem questionar o que estão fazendo.

...cricrió, cricrió... cricrió, cricrió... por toda a margem do rio, árvores se curvavam a tremular em reflexo nos espelhos das águas. Dava para se encher de alegria pelo rio, pela árvores que se salvaram e sua folhaçada esparramada, pelas poucas aves que ali cantavam. Aliás, não vi mais o homem cantante, se perdeu pela mata sem dizer onde ia, nem quando voltava. O destino é um rio desconhecido, às vezes segue em linha reta, às vezes faz curva sinuosa a embaralhar a gente, mas verdade seja dita, ele segue, de seguir.

CARREGO UM SACO COM MAIS DE QUARENTAS PEDRAS preso à cintura. Quase todas juntei durante as andanças que fiz pela mata. Tem pedra do rio, pedra retirada da raiz de uma árvore, pedra de dentro do tronco, pedra trazida por aves de longe e a pedra lais, presente dado pelo meu tio Mair no ritual que me tornei guerreiro da mata. Tio Mair esperava a prova final do ritual Çainã para me oferecer o presente trazido de longe. Encontrou a pedra no coração da Amazônia venezuelana ao lado de uma moringa, identificou que era um tipo raro de gema, com poder de proteger o espírito daquele que a possui. A pedra lais, uma pedra lisa, redonda, fixada ao umbigo do homem traz a luz ancestral de milhares de povos da selva. Ao ouvido, ressonava a energia transformadora da mata. Uma pedra que não é apenas uma pedra, mas que carrega o princípio vital da terra, os mistérios guardados por povos amazônicos.

Atravessei o caminho das brasas em direção ao meu tio Mair, do outro lado. Os pés descalços pisavam o carvão e a dor de queimação na planta fortalecia corpo e espírito, conectando todos os pontos para me dar a resistência de um guerreiro. Berro na liberdade da mente-ave, não por medo da dor, mas por sentir a força de todas as florestas. Eu, Rudá, agora nada é corpo, tudo é força na selva, tudo grita em mim. As brasas que fervilharam por dentro e ficaram às minhas costas. Tio, então, me dá por final a pedra, trazida de longe, muito longe, como reconhecimento do que eu agora era. Ali a última prova do guerreiro. Nada poderia me deter, tornava-me ali um guerreiro, defensor do meu povo, com uma pedra da Venezuela na mão.

Mais tarde, depois de o ritual de guerreiro terminar, deitado na rede, segurava a pedra dada pelo tio. Encarava-a na expectativa de encontrar as respostas que me faltavam. Ali, na volta da pedra, viam-se anéis concêntricos girando ao redor da esfera. A pedra previa mundos, uma pedra para me ajudar na responsabilidade de proteger meu povo.

Agora a lais no saco preso à cintura é carregada para a guerra, levo a minha história. Caminho ao lado de Bidela, passo lento, de quem vai para não sabe onde, mas vai no rumo certo. A guerra é dentro de nós, nos pensamentos. Dois três quilômetros andando em silêncio, duas armas de fogo, trazidas pelos seringueiros. Uma delas amarrada na cintura do pai de Bidela. O acampamento dos invasores não está tão longe. Um pouco mais de caminhada, lá estamos. O sol nos dá sinal que está indo embora. A luz alaranjada do entardecer ilumina as copas da árvores, os bichos se agitam. Logo, logo a noite nos toma e nos mistura com a paisagem da mata. Aí sim, vamos entrar com todas as armas para expulsar os forasteiros.

Nos aproximamos com cuidado, aos poucos, sem fazer barulho. Foi perto do acampamento dos homens do governo que nos escondemos. Cada um dos 17 guerreiros, que desceram a mata, se colocou de tocaia, atrás de uma inajá, de uma barriguda, de uma jutaí. Queremos os invasores fora.

Antes, os seringueiros chamaram o pessoal do governo para uma conversa, explicaram o que poderia acontecer com o corte das árvores, com o desmatamento. Do que aconteceria com o rio, mas ninguém os escutou, primeiro fugiram, depois vieram para o confronto, prendendo

JENIPARÁ 99

fogo às seringueiras. O Seringal Baldaceiro não aceitou e mandou dizer que revidaria. Ali, anunciava-se o campo de guerra. Pascual e Celso já tinham entrado lá para roubarem as motosserras e por pouco não morreram. Foram corridos à bala, fugiram carregando duas motosserras de um galpão em que contaram mais de 20 máquinas daquelas para cortar madeira. Levar dois daqueles instrumentos elétricos não faria a menor diferença. Agora, dessa vez, era diferente, voltavam com todos os seringueiros e os guerreiros do povo da aldeia. Destruiriam o galpão com os instrumentos de fazer corte e ronco. Os homens do governo teriam que ir embora e nos deixar trabalhar em paz.

Do alto da mata, no mirante Mugido da Onça, se via as instalações dos invasores. Chegamos aos poucos, unimos o grupo, somávamos mais de vinte homens. Ao meu lado vinha Bidela, de olhos saltados, virava a cabeça de tempo em tempo e me encarava, eu fixava nele e a gente se confirmava. Vinha à minha cabeça a ideia de que íamos vencer. Lá do alto, se via uma movimentação e se escutava o som triste vindo das máquinas. Mesmo ali de cima, era impossível entender aquela pretensão de ter árvore, matá-la e possuí-la, para absorver dela o que nela tem, menos a alma, esta eles não conseguem pegar. A alma da árvore fica na mata. Será que um dia o homem vai fazer uma tecnologia para pegar a alma da árvore? É estranho o som desse bicho de ferro para cortar tronco, tem o volume alto de um zunido que comunica a morte e abafa o canto das aves.

Dali de cima se vê, vindo da janela, da casa central dos invasores do governo, uma luz incandescente espalhando-

-se pela noite. De certo, já se arrumam para dormir. Devem estar cansados de cavar, planar, prender e degradar. De tanto destruir, chega uma hora que o corpo pede paz, e é o que temos para oferecer, o descanso infinito. Para eles e para nossa terra.

Avançamos na direção da casa, em passos curtos, costas e cabeças baixas. Andamos com cuidado, evitando ao máximo qualquer barulho. Atentos aos sinais na nossa volta, pois tudo é um aviso. Não estamos sozinhos. Inajá, jutaí, pau pra tudo, pequi, fava barriguda, jatobá fazem parte da missão de afastar os intrusos. Elas ajudam de tal jeito que homem nenhum do Seringal Baldaceiro ou da aldeia poderia ser mais forte que uma árvore. A floresta participa, sabe que o que fazemos é para protegê-la. Aos poucos, nos aproximamos do acampamento, nos aprumando atrás da linha formada pelos troncos das árvores, e escondemos os corpos. Somos formigas vermelhas, tucandeiras, indo atacar o acampamento, circulando os invasores e os deixando sem saída. Não estamos brincando: é o confronto que nos interessa; é o confronto que queremos. Depois de hoje, o seringueiro voltará a retirar o leite da seringueira. Eles já até falaram com outro comprador de borracha, que vai abastecer com mantimentos o vilarejo. Tudo no Seringal voltará ao que era.

O tempo todo nos deslocamos sem ninguém nos ver, as pontas de curares miram janelas e portas, as duas armas em punho, o saco de pedras na cintura. Pai de Bidela mostra na cara o cheiro do sangue, um grito: yãri, yãri yãri! O grito para onça é também o grito para o invasor. De lá vem um silêncio ainda maior, e o barulho de fundo cessa. É no silêncio da mata que a guerra começa. Os corpos adquirem 3 vezes o peso que possuem, o ar se gravita, e o coração nos para.

É estranho pensar o que nos traz aqui, é estranho pensar que eles chegaram do nada e começaram a desmatar a floresta, sem nunca nos consultar sobre nada. Agiram como se não existíssemos, e, desde então, não vemos a chuva. Faz dois meses. O guerreiro Tipikiki entoa mais uma vez o grito de ataque yãri, yãri yãri! Não sei se os seringueiros entendem, mas a força da voz é tal que mesmo quem nunca escutou sabe que é preciso avançar com tudo. Lançamos a primeira flecha em labaredas, depois mais cinco, seis, oito. O fogo se espalha no telhado da casa principal e depois nas casas da volta, são poucas casas, duas em construção. Ao lado, o galpão tomado de instrumentos para cortar as árvores. De repente, aparece lá de dentro, na porta de uma das casas, um homem pequeno com uma espingarda ao alto. Um único tiro mirando o céu para nos assustar, ou para avisar aqueles que dormem que eles estão sendo atacados. O fogo já toma duas casas. A terceira, alvejada de flecha, resiste. Os invasores tentam sair pelos fundos, mas aí percebem que o ataque não é brincadeira, cercamos eles por todos os lados. O primeiro tiro vem das mãos de Celso e acerta em cheio o homem que tenta fugir para a mata. O corpo estendido é a certeza que não é apenas para assustar, vamos eliminar os invasores.

De dentro da casa, saem os tiros, numa tentativa de acertar algum alvo na escuridão, mas estamos protegidos pela mata. Os guerreiros de frente subiram no alto das árvores com suas flechas incendiadas. De lá, enxergam toda a movimentação. Zé Bidela e eu descemos pela entrada lateral que cerca o acampamento. Nossa missão é bem clara, somos responsáveis por acabar com todo o maquinário usado para destruir a floresta. Andamos agachados até o estacionamento de veículos. Dali, é possível ver a porta de entrada para o galpão. De madeira, grande. E vencemos jipes e motos, um a um, avançando até chegar de frente para porta. Agora, escuta-se um tiro vindo do confronto, depois vários outros. Não sabíamos identificar se vinham da arma de Pascual ou da arma de Celso, mas sabíamos que eles atiravam sem parar em direção às casas. Forçamos a porta com a lateral do corpo e ela se abriu sem muito esforço. As máquinas assassinas estavam todas dispostas em fileiras. Uma ao lado da outra. Avançamos com muita cautela, entramos no galpão, observando tudo, iluminando com a lanterna todo o espaço, do teto ao piso, os cantos. Nada se movia. Mesmo assim, poderia um homem estar de tocaia dentro daquela escuridão. Difícil saber, ainda mais com todo o barulho que vinha de fora, com tiros e explosões.

Então, reconhecemos o espaço aos poucos. O teto feito de palha, o que ajudaria a espalhar o fogo com rapidez. Paramos perto da entrada. Nada se mexia. Do outro lado do galpão, uma porta fechada, dando de frente ao pátio do acampamento.

Peguei as buchas de algodão e comecei as espalhar sobre as motosserras, enquanto Zé Bidela derramava pelos quatro cantos o galão de querosene, encharcando tudo com aquele líquido combustível. Por final, paramos na mesma porta que entramos. Não tínhamos nenhuma arma de fogo, Zé Bidela carrega um facão de abrir caminho na mata e uma corneta de talhar o tronco da seringueira. Eu com meu saco de pedras, arco e flechas incendiárias.

Assim, iríamos enfrentar o inimigo. De uma hora para outra, o tiroteio parou, um silêncio tomou seu lugar. Nós, ali na porta de saída do galpão, ficamos sem tomar nenhuma atitude. Escutando o silêncio, precisávamos terminar o que começamos. Zé Bidela, por final, pegou dois isqueiros no bolso, fez sinal com as mãos para que retornássemos, então corremos até a porta do outro lado do galpão. Enquanto, ele prendia fogo nas buchas de algodão de um lado, eu prendia do outro, voltando em direção à saída. Deixamos o galpão as nossas costas em chamas, o fogo subia em labaredas. Então, Bidela me ajudou a prender fogo na ponta das flechas. Depois, as lancei no teto de palha. As chamas se espalharam.

O galpão incendiado. Era hora de voltar, deixar o fogo cuidar de tudo. Destruir o maquinário. Seguimos. Rápido. Dali, passamos entre os jipes e as motos do estacionamento, em direção à estrada que ia para a mata. Bidela à frente, e vi ele se afastar... O cabelo negro, curto. As costas largas, as mãos soltas, agora sem o galão. Ele corria, sem olhar para trás. Ele corria, rápido, muito rápido. Tentei chamá-lo, mas não o chamei. Entendi, então, que ali perdera as forças. Ele era agora meu melhor amigo, Bidela era meu grande amigo e corria a minha frente em direção à mata. Ajoelhei-me a observar Bidela se tornar cada vez menor no horizonte, o que restava para mim era enfiar a mão no saco de pedras preso à cintura. Havia, até ali, juntado muitas pedras para me defender. Um saco com pedras, e naquele caso, queria pegar a pedra lais, ainda conseguia sentir sua textura e a segurei com toda a minha força. A pedra que meu tio Mair me trouxe da Venezuela e me deu no Çainã. A pedra que me salvaria, o presente que me deram para celebrar a passagem do menino ao guerreiro. Sempre serei guerreiro dessa selva e a segurei em minha mão com toda a força que ainda me restava. E como se a mata me tomasse o ventre, o calor me subisse às têmporas, a vida me ressurgisse à distância nas asas de um cisqueiro. Vi-me afastado do mundo, no apagão do vagalume, sem a certeza que ele voltaria a acender. Bidela já não estava ali.

SE AO MENOS EU VISSE O QUE TERIA que ver, se ao menos não tivesse levado meus músculos à exaustão na certeza de cumprir a verdade do espírito da floresta. O fogo destruiu todas as motosserras. À frente, a mata era uma imagem fixa, as folhas não mexiam, animal nenhum se movia, e agora tudo ao redor pausara e pairava na minha memória diluída. Um cisqueiro parado no ar na ideia de voar. Não voa. A selva congelada, e eu quero voltar ao ponto em que saímos do galpão, quero voltar ao momento que Rudá sem uma palavra me disse num sopro, fixando seus olhos nos meus, que era hora de prender fogo nas malditas motosserras. Notei, então, que eu sobrepunha a mente dele e ele, circunspecto, entrava na minha. Ali nos entendemos como se tivesse sido sempre assim.

Agora eu queria voltar ao ponto anterior ao que o perdi, porque eu estava ali naquele momento, eu estava presente. Afinal, qual o ponto é o ponto anterior de uma amizade? Porque em ti e fora de ti era tudo sempre mata. Rudá, a floresta com suas pedras. Cada instante agora era o mesmo, rendendo-se ao instante anterior e o desejo de um futuro passado, de um vir que está diante da porta daquele galpão.

Tipikiki, de dentro da mata, avançou na minha direção, correndo passou ao meu lado com seu arco em mãos e atirou uma duas curares. Então notei que Rudá estava no chão, que estava ferido e que um homem vasculhava seu corpo. As flechas envenenadas de Tipikiki atingiram o homem que caiu no mesmo instante, quase igual à posição de Rudá. Voltei seguindo os passos do guerreiro. Tipikiki cercou os corpos, com cuidado, ainda com um arco na mão, já eu, da mesma forma, cerquei-os sem entender qual a sensação que aquela cena me causava. O calor me queimava a face e descia as pernas. Agora eu ardia, de medo, de tristeza. Aproximei-me de Rudá, desconfiado, aproximei--me de um amigo, de um corpo estirado no chão. Ele não se mexia, mas mirava o céu, Rudá sempre foi ave, não duvidava, queria subir ao alto da mata para nos proteger. Eu me agachei, para ver de perto a sua cara sublimar nossa vitória. O galpão não sustentava a estrutura. Eram escombros queimando a madeira. Nossa conquista na ideia de manter a vida tal qual deve ser. Aproximei-me de Rudá, puxei seu corpo pelos ombros em direção ao meu. Abracei meu amigo. O corpo endurecido, o sangue jorrando seu sopro pelo pescoço, encharcava o saco de pedras preso à cintura, e manchava a minha camiseta. Seus olhos abertos não fixavam em mim. Miravam um infinito, e os braços jogados para trás de qualquer jeito. Pedi a Rudá que voltasse, pedi por seu sopro, por sua vida, mas ele nada me disse, já era espírito fora do corpo. Então me contive, queria aguentar aquilo calado, mas as lágrimas vieram, nunca tinha visto um homem perder a vida, ainda mais um jovem como Rudá. Chorei sem saber o que fazer, chorei abraçado ao corpo de meu amigo.

Rudá, um menino da floresta, tentou se defender do destino com a pedra lais, guardada na mão direita. Segurava-a com força como se toda a sua vida estivesse encerrada na pedra. A história de Rudá, e eu segurei a sua mão e os dedos se abriram, a lais rolou pelo chão. Nisso, o guerreiro Tipikiki puxou-me pelo braço, entendi que temia por um novo ataque. Fez-me sinal para segurar Rudá pelas pernas e ele o pegou pelos ombros: carregamos seu corpo até a entrada da mata. Não se escutava mais tiros nem sinal de conflito. Mesmo assim, o deixamos ao lado da jatobá e fomos encontrar os demais, ou pelo menos os que haviam sobrado. Levava comigo a pedra lais, a história de Rudá agora também era a minha história. Eu, depois do ritual da chuva e de enfrentar a morte, também era um guerreiro do povo da floresta. Não havia pisado em brasas, nem subido em árvores para caçar sozinho durante à noite, mas havia chamado Rupava, e pedido pela chuva.

Tipikiki e eu caminhamos sem dizer nada um ao outro, sentia o sangue de Rudá secar no meu corpo, encrostado na minha pele. Era como se ele me segurasse pelos ombros. Eu via, sua cara projetada nos troncos das árvores que iam passando por nós.

Quando encontrei pai Celso e Chico, nosso ânimo se refez. Eles correram na minha direção. Nos abraçamos como nunca antes tínhamos feito. Nunca antes pai tinha nos dado tanto carinho. Perdemos Pascual e mais sete guerreiros, pai me disse. Acrescentei, nove, perdemos Rudá também. Pai Celso não me disse nada, não havia o que dizer, apenas me pegou pelo braço e seguimos para casa. Pai Celso caminhava seguro, levava para nossa mãe os dois filhos de volta.

O acampamento e todos os instrumentos de cortar a madeira foram destruídos, as casas e galpão queimados pelo incêndio; dos vinte e quatro homens, voltamos com quinze, cinco com ferimentos graves. Não sabíamos se eles resistiriam, mas a madeireira clandestina agora era só cinza.

Na floresta é assim, a vida e a morte se misturam. Uma segue a outra, morte vida, vida morte e a selva se renova. Por isso, o final de uma coisa nunca pode estar antes dela própria morrer. Ninguém deve se colocar à frente da lei da Amazônia, cortar a mata, destruir as cachoeiras, encerrar os rios ou matar quem vive nela, só a própria floresta pode dar o ritmo de sua transformação. Agora, era Tipikiki, o líder dos guerreiros a nos conduzir à frente.

No conflito, nunca há vitória ou derrota, e o resultado sempre é o caos. Aqui há um ponto entre o Diabo e o Deus que nos rege. Que nos absorve e a gente vai seguindo na floresta em marcha lenta, em alerta. Tipikiki agora lidera no lugar de Pascual, caminha à frente abrindo caminho. Chico apresenta canseira no jeito que caminha, na própria cara. Não sei porque nosso pai o trouxe numa ação tão perigosa. Talvez porque temesse o pior e quisesse os filhos juntos dele até os últimos momentos.

Meu corpo dolorido, a ponta de um galho havia machucado a planta do pé. O sangue de Rudá seco endurecido grudava à camiseta no meu peito. Precisamos de um banho, estamos no terceiro dia dessa loucura. E ainda tínhamos a volta para casa. Os corpos dos mortos foram entregues à mata, já não nos pertenciam. Seguimos ao canto dos pássaros que se alegram ao amanhecer e logo à frente chegamos ao igarapé.

Tipikiki faz sinal para que todos entrem no rio. Jogo-me de corpo inteiro, sem pensar em arraias, ou em jacarés. Jogo-me na certeza que ali há outro de mim, um outro que pode suportar a guerra, a morte, a vida, e a água que rodeia os troncos das árvores, rodeia também o meu corpo. Chico se aproxima, segura-me pelo pescoço e deixa cair-se sobre mim. Achei que se tratasse de uma brincadeira, usar um como apoio para impulsionar o outro o mais alto possível, num salto acrobático na água. Mas Chico queria conforto, queria carinho, e eu também queria abraçá-lo. Nadamos juntos, nos afastando dos demais, na cumplicidade de dois irmãos que sobreviveram a guerra.

Em seguida, o guerreiro Tipikiki nos chamou, fez sinal com as mãos à beira do rio, era hora de voltar para casa. Saímos do igarapé um pouco mais vivos, nossos mortos afundaram como pedra, indo para o fundo do rio. Não que fosse possível esquecê-los, não tinha como apagar o que acontecera, muito menos a amizade pelos nossos companheiros, porém o banho trouxe um alívio. Agora, podíamos respirar e sentir o cheiro da mata. Um pouco de tristeza ficava no igarapé.

Árvore após árvore, seguimos até a aldeia, Tipikiki à frente, logo depois pai Celso. E o som dos nossos pés ao apertar as folhas, um nhan nhan nhan, toca em mim, eu me entrego ao barulho e sigo sem pensar, a mente se esvazia no som, e andamos, andamos, nhan, nhan, nhan. Vou indo sem entender o que fizemos, sem entender o mundo, a floresta, vou indo sem mim, atrás de meu pai, atrás do meu irmão, confiando que lá na frente tem outra vida, sem sangue. Nhan nhan nhan... e depois um kúa kúa, digo kúa kúa, escuto kúa kúa, urutágua, uruvati, mãe-da-lua, ave da noite, ave árvore. Soa seu canto "ai, ai, mama, ai, ai mama" e segue o nhan nhan nhan nhan, segue o caminho.

...cricrió, cricrió... cricrió, cricrió...esperei esperei... belisquei fruta seca pelo caminho, bebi água do rio, esperei a chuva se aprumar em nuvens no céu, depois as luzes e os sons de tempestade. É bom sentir o cheiro de alecrim-selvagem com xanadu que brota da terra molhada. E agora, nuvens decompondo cores: de cinza a branca, mais uma vez, e aí desaparecem que nem fumaça, sem deixar rastro. Dormi de tanto esperar, e foi aí quase de olhos fechados que vi moço cantante passando ali por perto. Acordei daquele jeito, com a certeza que eram os meus, o sonido familiar me criou a falsa esperança, daquelas coisas que são tão duras quanto a realidade. Já o moço, ainda cantava, *"estoy aquí, estoy aquí, Vicente, Vicente, Yo, aquí"*. Aquela vontade dele pelos seus me preencheu de vergonha. Quem disse que a gente não aprende com os homens? Tem aqueles que foram feitos para guerrear, e desses toma-se o exemplo. Também eu deveria cantar pelos meus. Um dia eles escutarão, mesmo que não se lembrem que sou eu do mesmo tipo deles, mesmo que nem recorde que um dia por um infortúnio nos separamos numa encruzilhada.

RACHA O CHÃO, E APONTA PARA A CLAREIRA À FRENte, de lá uma fuligem toma o ar em cheiro de queimada. Outro incêndio na mata, essa coisa parece não ter fim, e a gente não aguenta mais. Sinto que não só eu tenho o corpo trêmulo, a respiração confusa. Como é possível a vida nada valer? O fogo surgi por implicância, por raiva, por ódio, por ver os povos da mata unidos e empenhados em impedir que o pior aconteça à floresta.

Dos vinte e quatro homens, voltamos com quinze, e agora esse fogo logo à frente nos prova que nossas mortes nada significaram, que são apenas uma dor para carregar. O nosso povo ainda sendo dizimado num conflito sem sentido. Perde-se companheiros, amigos, perde-se a floresta. Fico me indagando: – "homens e árvores são partes do mesmo? A madeira a eles serve, e os homens para que servem? E morrem os dois." É triste pensar que as mortes não serviram para nada, muito menos para a paz na floresta, não que fosse uma troca. Nada disso. Não somos ingênuos, nem a floresta é. Não precisávamos de heróis, mas ver as chamas pelo caminho é entender que Rudá e todos os outros morreram à toa, e isso me mata, me enfraquece o espírito, lutamos por nada? A destruição continua e a nossa casa corre risco. O fogo se espalhou em vários focos na mata. Sabe-se, agora, eles querem nos

JENIPARÁ   113

tirar dali, e não somente a nossa casa, mas nosso trabalho está ameaçado, assim como as nossas vidas.

Pai Celso, indignado com o fogo que nos cercava, gritou por várias vezes ao alto "filhos da puta, filhos da puta" e em descontrole puxou o rifle, atirou ao alto. Alguém se aproximou dele para acalmá-lo, e pedir para que não chamasse atenção. Era verdade, não sabíamos o que estava por vir. Hoje, pensando na reação do meu pai, entendo que ali ele se deu conta do quanto ingênuo foi. Acreditou que unir os povos da floresta era suficiente para correr os posseiros. Naquele traçado, meu pai então percebeu, a batalha estava perdida. A força dos posseiros e dos madeiros era maior, foi ali que meu pai entendeu que permanecer na floresta era um risco para nossa família. Não sei por quanto tempo pai Celso ficou descontrolado, uma raiva esquisita, desengonçada, tanto no jeito de andar, como nas feições na cara. Pai havia saído dele mesmo, e ainda que tentasse respirar fundo, permanecia rabioso.

Dali, não estávamos muito longe da aldeia, em uma hora chegaríamos, e toda a tensão começou a pesar o ar. Ninguém poderia dizer nada sobre o que encontraríamos a frente, não sei definir como meu coração batia aquela altura, mas sem Rudá, toda a coragem havia me fugido pelos poros. Tremia o corpo suado, me faltava força nas pernas, já andava arrastando os pés. Um gosto de sangue me veio à boca. Cuspi num amontoado de folhas, e vi a saliva ensanguentada. Tive muito medo de morrer pela boca, seria mais um problema para meu pai. Minha mãe não aceitaria se eu desistisse e ficasse ali, esperando pelo fim. Não falei para ninguém como me sentia, mas disse a

Chico, ao meu lado, para ficar atrás do pai e cuidá-lo caso ficasse outra vez nervoso. Ele assentiu.

Queria continuar, tirar uma força de lugar desconhecido dentro de mim para andar até a aldeia pelo menos. Faltava pouco, eu sabia. Lá poderia sentar, descansar, beber água e comer alguma coisa de sustância. Comecei a caminhar devagar, pai e Chico se afastavam a minha frente. Os homens passavam por mim, eu ia ficando para trás, mas ainda assim lutava para não ocupar as últimas posições da fila, não me colocar num lugar vulnerável, pois se perdesse eles de vista, não sei se depois os encontraria. Continuei do jeito que dava, de acordo com o que suportava meu corpo. Ao redor via a floresta se mexer, uma árvore de repente eram duas, e o cheiro de queimada castigava a respiração, o ar faltava e eu não queria usar mais energia para puxá-lo. Deixava o peito ofegar e os sentidos penetrarem nessa bruma produzida pelo meu desânimo. Quando já era o penúltimo da fila, um dos guerreiros notou meu estado, segurou meu braço e me deu água. Fiz sinal para ele que não era nada, sentia apenas sede, e aceitei a água numa cumbuca de alumínio. Molhar a boca foi um dos maiores prazeres, até estar aqui com Joane na enseada da ponta do Cururu. Segui à frente dele, caminhava agora com disposição, mas ainda assim com as pernas tremendo. Disfarcei ao máximo meu estado, não poderia me tornar um problema para meu pai. Ele não suportaria. Então, segui.

À medida que avançávamos, o fogo se alastrava, tanto que por vezes, o vento soprava fagulhas de chamas sobre o grupo. Alguns pegaram folhas de palmeiras para se protegerem do horror. Seguíamos, e foi complicado ver muito além de quem estava a nossa frente. De repente, houve uma explosão, escutamos alguns gritos e o guerreiro atrás de mim me passou, avançando correndo pelo grupo, queria ajudar. Uma situação de perigo acontecia no começo

da fila. Fiquei, então, por último, e sem o incentivo do guerreiro, não sei se seguiria. Assim começou a minha luta, entre o que me dizia para seguir e a voz que mandava abandonar-me, mas sabia que mãe Zeli não aceitaria um filho covarde. Fechei meus olhos para sentir qual parte do corpo ainda resistia e assim entendi, estava mais cansado do que imaginava. A respiração falhava, precisava parar uns minutos que fosse, depois, recuperado andaria rápido para alcançar os outros. Encontrei então do meu lado um tronco de árvore caído, ali decidi sentar e descansar, afastando-me da fila. Então naquele lugar foi que eu vi o que vi e passou-me pelos pensamentos a ideia que não voltaria a reencontrá-los, porque ainda maior que a canseira física, estava o meu abatimento emocional. A gente já tinha feito tudo para salvar a floresta, ultrapassado os próprios limites, sacrificado vidas, o que ainda era possível fazer com esse fogo alastrado perto da aldeia? Não sei se meu pai teria uma resposta, ele se mostrava estranho, e sem Pascual era provável que se sentisse tão perdido quanto todos ali. Eu me arrastava aos poucos, sem interesse com o que acontecia ao grupo, não temia pelo meu pai, nem pelo irmão, pois uma força maior puxava meu corpo para dentro da floresta, queria me estirar sobre o tronco e ali permanecer até o momento de tudo ficar bem como antes. Ao fechar os olhos, vinha-me à cabeça a imagem da mãe Zeli, na frente do fogão a lenha, suada, ralhando porque a gente demorava aparecer na hora da boia. Salivei com a vontade de comer a macaxeira cozida com milho, farofa e o coco em pedaços minúsculos que ela com cuidado ralava. Como é boa a comida feita pela minha mãe Zeli, melhor seria se ela viesse me buscar, me levar para casa, mas a verdade é que àquela altura eu já nem percebia os rumores à volta, e a ordem das coisas foram ficando para trás, queria abandonar-me sobre o tronco. Eu era uma pessoa pequena, de pouca fé, e sem a pretensão de ser nada além daquele menino anônimo que um dia viveu na floresta Amazônica. Seria eu capaz de não ser? Ali me entreguei à floresta e a tudo que ela em mim criou, precipitando o corpo ao chão como se fosse a queda de um rio, a observar as finas faixas de luz penetrando entre as folhas no cume das árvores. Um leque clarão se abriu a sensibilizar minhas retinas numa imagem linda num final de dia. E eu já não mais me importava. Apenas eu floresta, inteiro floresta. E fui fechando as pálpebras, pestanejava quando um vento frio soprou no alto da cabeça, formando uma mão invisível que me agarrou os cabelos num golpe violento e covarde. Uma força bruta ergueu-me a coluna, subi estirado, na mesma posição horizontal, sem dobrar nenhuma junta, os olhos muito abertos, tomando-me de pavor. O sangue até então morno, agora fervia nas veias e eu senti uma golfada de ar preencher os pulmões. De súbito, despertei próximo a virilha, a pedra lais queimava a pele, a retirei em brasas do corpo, deixando-a rolar pelo chão. Sem nem ao menos acompanhar aonde a lais pararia, porque nesse momento já tomava solavancos na região do estômago. Em reação, tentei proteger meu tronco com os braços, esticando os dedos das mãos, mas logo vinha um golpe na cara, tapas e mais tapas como se eu fosse um saco de pancadas. Tudo em mim aquecia, tudo em mim se tornava vivo e alerta. Embora nada por ali enxergasse de diferente, quem então me batia daquele jeito? Que alucinação invisível era aquela que me enchia de pavor? Eu respirava ofegante, com todos os órgãos funcionado em potência mais elevada do que quando fomos enfrentar os posseiros. Perguntava-me o que aqueles dias estavam fazendo comigo? Não parava de entrar em apuros, de sair da zona de mim e entrar em lugares intranquilos. Apanhava de um ser incompreensível, de um espírito da floresta que enxergava em mim seu desespero. E agora sou esse desejo de raiva do não sei o que, essa substância violenta que por fim se manifesta em gritos, agudos emergindo da face do nada e deixando em mim uma coisa perturbada de me odiar por pensar em desistir. Uma raiva subiu-me dos ossos, e eu queria avançar sobre a coisa, queria também atingi-la com a força de todas as minhas partículas unidas. Soquei o ar, duas três vezes, chutava as folhas do chão, fazendo redemoinhos ao esmo, e mais uma vez era atingido com um tapa na cara, um golpe de tal força que me fazia rodopiar ao redor do próprio corpo. Foi assim que me dei conta que era uma luta perdida, era inútil enfrentar o que não se apresenta aos olhos. Inútil, também, questionar o que era aquilo, senão a ideia certa de correr dali para encontrar os meus. O grupo devia estar perto, então avancei em direção à estrada no rasto dos guerreiros, queria me livrar daquela surra que somava à minha história mais um episódio inexplicável. Foi o que fiz, corri dali e não virei para trás com medo de tomar um golpe, porque mesmo disposto e com energia para também bater, sabia que não iria atingir aquilo a ponto de afastá-lo. Entrei na estrada de volta correndo e chutei entre folhas e galhos o que nunca poderia imaginar. A pedra lais rolou a minha frente, curvei-me rápido e a segurei. Segui correndo, avançando em direção ao grupo e, quando me senti seguro, parei no caminho por um instante para ver o que atrás de mim ficava. O dia chegava ao fim, a luz penetrava na floresta com menos intensidade, mas ainda assim, sentado no tronco, na penumbra, uma silhueta me parecia familiar. Diria depois de muito tempo, depois de dois ou três anos, que Rudá, meu amigo Rudá, que morreu no confronto contra os posseiros, eu diria depois de tudo que me aconteceu naqueles dias dentro da floresta Amazônica, que meu amigo ria sentado naquele tronco de árvore. Nunca afirmei para ninguém que era mesmo ele, nem ao certo supus que Rudá era o responsável por salvar a minha vida. Guardara aquilo comigo por anos até o momento que encontrei Joane na enseada da ponta do Cururu, então disse a ela que o espírito de Rudá havia salvado a minha vida e que o tinha visto rindo sentado no tronco da árvore. Mostrei-a a pedra lais como prova do que acontecera.

...cricrió, cricrió... cricrió, cricrió... segui o moço cantante pela mata. Por onde ele ía, eu dava dois três passos e me disfarçava, ele nunca me percebeu, mesmo quando chegava pertinho. Seguimos no trajeto de quem conhece desconhece caminho, porque solidão ou se acostuma ou se torna um troço muito perigoso. E nessa de perdido por perdido, melhor se perder acompanhado, ou não... a gente nunca sabe para que lado está o destino, ou sabe e finge que desconhece por preguiça ou conformismo. Por via das dúvidas, segui o cantante, e foi puro azar ou muita sorte que ao descer uma ladeira lateral, avistei dali um grupo de homens que se pareciam com o moço. Logo logo, cruzariam caminho e o cantante seguiria junto com eles pela floresta. Uma certa tristeza me banhou o peito, não por justiça, mas por circunstância, queria eu encontrar os meus.

Ninguém percebeu que eu havia ficado para trás. Também pudera, com um incêndio daqueles, todos concentravam em puxar o ar para os pulmões e salvar suas próprias vidas. Chico usava a camiseta enrolada no pescoço, tapava a boca e o nariz, tentando se proteger da fumaça. Quando me viu, fez sinal para ficar junto dele, pai Celso mantinha a mão em frente à cara, protegia os olhos como dava.

O grupo avançava devagar, uma caminhada lenta em direção à aldeia, que logo logo encontraríamos depois da curva. O fogo tomava conta, inclusive, obstruía a passagem num pequeno trecho. Tipikiki, à frente, nos conduziu por um atalho na lateral da estrada, dali já era possível ver a aldeia, e foi assim que se viu a cena mais terrível até então na floresta Amazônica. Um horror que nunca sairá da minha cabeça, e que ainda me produz calafrios no meio da noite e me leva a rolar na cama e a afundar a cabeça no travesseiro para não ver a mesma cena produzida na parede do quarto. São noites de insônia que me deixam por dias em angústia e tristeza. Pai Celso, ao ver o que acontecia na aldeia, segurou Chico pelo braço, sem deixá-lo correr como todos os outros do grupo para salvar o que sobrara da aldeia. Fiquei ao lado do meu pai Celso e Chico, e vi dali as malocas destruídas pelo fogo, crianças caídas perto da clareira, mas tão logo as percebemos, pai Celso nos puxou, não nos deixando entender se estavam ainda vivas.

Tristeza por tristeza, era difícil saber o que dizer ou qual a atitude tomar. Pai Celso então pediu para que ficássemos ali perto da pitomba, enquanto ele descia até a aldeia. Não sabíamos em que poderíamos ajudar. Era uma chacina, uma chacina, um genocídio contra todos os habitantes da floresta. Chico e eu sentamos ao lado da árvore. Não falávamos nada um ao outro. Ele não parava de chorar, e eu quis confortá-lo, mesmo sem a certeza que conseguiria lhe passar a segurança que precisava. Eu também queria chorar e demonstrar toda a minha insegurança, admitir que meus medos eram maiores que eu, e que a intensidade daqueles dois dias me fizeram viver mais do que todos os dias dos meus dezessete anos. Mas quis ser porto seguro para meu irmão, protegê-lo do meu jeito. Passei o braço sobre seus ombros e repeti por duas três vezes que já estávamos indo para casa, que pai Celso pouco iria demorar, e que mãe Zeli nos esperava com um prato reforçado de comida. Caldo de feijão engrossado na farofa, beirando uma caneca de alumínio. Suco de taperebá com muitas castanhas, das grandes. Ele sorriu e me abraçou de volta. A comida da mãe é a forma digna e sincera de dar alento a um homem. De dizer que vai passar e que a solução só vem quando a barriga se encontra cheia. Chico e eu sentíamos fome, sede e saudades. Nem ele, nem eu tínhamos ficado tanto tempo longe de casa. A vida de seringueiro pode ser cansativa, mas nunca nos afastava dos cuidados da mãe Zeli, o banho quente, a roupa limpa, a cama boa. Dali, não viramos mais em direção à aldeia, nem para ver se pai Celso retornava. Por vezes, escutavam–se estrondos, e permanecíamos calados, sem nem levantar a cabeça. Nossa esperança era pai Celso voltar logo, seguiríamos para casa, e em três horas de caminhada estaríamos junto à mãe Zeli. Lembrei então da canção do seringueiro "Desfeiteira" e entoei num tom de desafio para Chico que logo riu e quis revidar:

> *"Eu vi a lua saindo*
> *Por de trás da pimenteira*
> *Quem não sabe dizer verso*
> *Não dança desfeiteira"*

Chico não deixou barato, levantou o corpo na mesma hora e com o bracinho erguido respondeu ao desafio:

> *"Eu vim do dá-lhe tomba*
> *Vim pro toma lá dá cá*
> *Nunca vi tomar sem dá*
> *Nem sem dá lá sem tomar cá"*

Ah, Chico, nem vem não, essa é muito fácil, mãe Zeli te ensinou desde pequeno, quero ver você segurar essa?

> *"– Eu sou tira na boia, besouro do Piauí*
> *Onde encosto meu ferrão, vejo a matéria cair*
> *– Tu não é tira na boia nem besouro do Piauí*
> *Mas é triste rola bosta, besouro mesmo daqui"*

Poxa Zé, você está deixando isso sério, mas eu sei um verso que agora vai acabar com você, escuta aí, vai:

"Late o cão se algum estranho aproxima-se do lar
(...) artista pelas noites de luar
Meu gato se tem fome zangado põe-se a bufar
Quem quiser vê-lo rosnar bote seu couro pra coçar
O curica vela o galo, a galinha carcareja
Paralega o papagaio, o peru gorgoleja
Rincha o cavalo fogoso e o paciente jumento
Muge o boi e o porco e agora meu gole cinzento"

Ah, Chico, tem uma que o Pascual sempre cantava logo cedo antes de descer para o seringal:

Tema de chamada:
"Quem tem toca flauta
Quem não tem toca taboca
Quem tem namorada dança
Quem não tem olha da porta"

Você alembra dessa Zé:

"Não sei o que ouço no pato eu gritar (?)
Olha eu altão de satisfação (?)
Por ver no balanço ir o um para o chão
Outro ir para o ar está, arreia por lá
Está a gritar, cuidado senão
Quem der trambolhão perdeu o lugar e vou eu então"

Do Pascual também:

"*Coisa que acho bonita*
É casa que tem as moças
Dinheiro e mulher bonita
E o tocador de com força
Essa palavra combina
Morrendo essa menina
Só fazendo outra de louça"

E essa agora:

"*Joguei meu lenço pros ares*
Dos ares virou dois véus
Quem ama moça bonita
Vai direitinho para o céu"

Zé:

"*Alecrim da beira dágua*
Hortelã da ribanceira
Se eu não me casar contigo
Prefiro morrer solteira"

"*O arruda também se muda*
Do campo para o deserto
Bem certo diz o ditado
E eu dei por muito certo
De longe também se ama
Quem não pode amar de perto"

Chico:

"Suspiro que vai e vem
Dá notícia de meu bem
Se está vivo se está morto
Se está em braços de alguém
Tá vivo, não está morto
Não está em braços de alguém
Anda suspenso nos ares
Ama e te quer muito bem"

Zé:

"À noite quando me deito
Que sonho com teus carinhos
Acordo com tanta pena
Virada num passarinho
As penas do passarinho
São 365
As penas que eu passo por ti
Só Deus sabe e eu sinto"

Do pai Celso:

"Queria achar uma peninha
Da asa do gavião
Para mandar uma cartinha
Para a menina do São João"

Do Pascual:

"Faz um ano que eu namoro uma menina
É baixa e pequena, faceira no andar
Namora tanto que ela vem as minhas mãos
Descansa no meu coração e fica dentro do meu paladar"

Da mãe Zeli:

"Batatinha quando nasce
Põe a rama pelo chão
Meu amor quando se deita
Põe a mão no coração"

Pai Celso surge dizendo "simbora" e a gente não teve coragem de perguntar nada sobre a aldeia. Tem horas que é melhor calar e fingir que nada acontece. Seguimos os três, os outros seringueiros ficariam para ajudar o povo da floresta ou o que restava dela. Pai trazia água numa garrafa de plástico dois litros e uma paçoca de banana enrolada em folha e barbante. Comemos enquanto andávamos, aquilo era a coisa mais deliciosa do mundo, tanto que agora Chico dava uns saltinhos engraçados, nem parecia que já se passavam dois dias sem comer, nem dormir direito. Entramos na estrada de retorno para casa: Chico e eu sentíamos um alívio, saber que a mãe nos esperava, ela também nunca havia ficado sem a sua família. Pai caminhava confiante, pediu para que fôssemos a sua frente desbravando o caminho. Depois de tudo, era preciso admitir que faltava pouco e antes de raiar o terceiro dia estaríamos todos reunidos ao redor da mesa, igual antes. Mãe vai mandar a gente para o banho, ninguém come sem estar limpo lá em casa. Aliás, é impossível enganar a mãe. Ela conhece suas crias e sabe bem quando a gente está morto de fome, fingindo não quer nada, dando voltas nela, na espera que nos dê uma merendinha para comer.

Árvore pós árvore, seguimos, Chico e eu, pai atrás. Por mais que a canseira tomasse os corpos, ainda assim era possível notar o ânimo de espírito, estávamos retornando para casa. O amor, a esperança, a nossa história, ali tudo fazia sentido. Nós três voltávamos juntos, exaustos, é verdade, mas ainda eram nós três. O que havia ficado para trás, pertencia à floresta e nela deveria ficar. Acredito nisso agora. Não me lembro no que pensava naquele momento, não sei se pensava em outra coisa diferente do que o reencontro com a mãe Zeli. De certo, esqueci muito do que vi por medo de não conseguir aguentar, nem poderia imaginar o que aquilo significaria para mim e para minha família. Também não sei como eu fizera um novo amigo no trajeto de retorno para casa.

Vicente González apareceu no meio do caminho e nos deu um susto. Foi por pouco que pai Celso não disparou uma coronhada sobre a cabeça dele, senão fossem seus gritos "amigo, amigo". Ali, paramos, na tensão de saber de onde surgira, e o que queria aquele homem, que de repente aparecera a nossa frente, falando de um jeito tal que não entendíamos nada. Gesticulava com braços e mãos, e explicava de maneira urgente. *Compreendes amigo? Compreendes?* Perguntava ansioso. Pai Celso então quis saber se ele falava português, pois não entendíamos sua língua. Ele demorava a responder, escolhia a melhor forma de dizer e se fazer compreender, por fim nos disse vir da Venezuela em busca de uma cidade construída à beira do rio. Muitos venezuelanos atravessaram a mata, desciam os rios, todos à procura dessa cidade. Não imaginavam os conflitos e as queimadas que iram enfrentar no trajeto pela floresta Amazônica brasileira. Alguns homens se dispersaram, ele permaneceu com o grupo até se confrontar com um incêndio, e se perder dos demais por não conseguir acompanhá-los pelo desvio, também pudera, no meio da confusão enxergava-se muito pouco, a fumaça tomava conta, quando se deu conta estava sozinho na mata. Perdera-se e agora procurava uma forma de reencontrar o caminho para encontrar o grupo.

...cricrió, cricrió... cricrió, cricrió... mais para frente, surgiu-me na memória um fato improvável, um resquício de esperança dentro do caos. A ideia dos meus estarem acompanhando o grupo, um vestígio de sedução para não me deixar cair na angústia difusa de quem só vê terror. Procurei-os por ali, entre os homens de Vicente, mas não os via, talvez não enxergasse por ansiedade, por fraqueza, por indisciplina. Talvez fosse apenas um jogo da mente para evitar que o líquido corrosivo da raiva dessensibilize o que restava de desejo. Não queria enfrentar a canseira daquela paisagem destruída, antecipando meu destino num esboço contraditório do que deveria ser. Até então, tinha a certeza que voaria até morte ao lado dos meus, teria filhos e espalharia o melhor de mim pela floresta. Depois, retornei onde estava o grupo para acompanhar o homem cantante, e esforcei-me para que eles se reencontrassem. Às vezes se faz necessário empenho para que a bondade floresça dentro da gente, para que a beleza não seja sufocada pela inveja. Cada um caminha na linha que escolhe ou que o universo dá e deve se encarregar de cultivar seu próprio bem, e o nosso bem sempre passa por eliminar o ódio pelo outro.

Em Tacaratu, não se sabia dizer ao certo quem era Morocha. Uma mulher que usava saia larga e comprida, uma túnica grande de cores escuras. Na cabeça, um lenço violeta agarrava o cabelo comprido. Dizia vir de uma aldeia ali perto, mas no mínimo era de desconfiar que uma mulher com a pele branca e o cabelo cor de laranja fosse mesmo de um lugar em que todos tinham a pele cabocla e o cabelo escuro. De qualquer forma, Padre Dias sempre recordava, para quem quisesse ouvir, a primeira vez que viu Morocha. Repetia inúmeras vezes que ela nem sempre fora assim. Moura Chacal, seu nome de batizado, tinha treze anos quando ele a conheceu, falava nem muito, nem pouco, mas o necessário, ainda mais para uma menina da sua idade. Morava com a avó, já debilitada, na comunidade dos caboclos, uns vinte quilômetros de distância de Tacaratu.

Moura, uma menina simples, vívida, organizava a casa, desde as compras dos mantimentos até a arrumação. Acompanhava a avó até o posto de saúde para as consultas semanais. Vinham, logo cedo, numa carroça alugada, e entravam nas primeiras posições da fila de pacientes. Por volta da uma hora da tarde, a avó era atendida pelo médico e depois liberada com uma sacola de remédios nas mãos. Moura aproveitava a manhã e descia a cidade, comprava manteiga, beiju, sal. Depois ía até à igreja, gostava de sentar no primeiro banco e contemplar as pinturas dos santos nas paredes e a imagem de Cristo.

Um dia encontrou o Padre, que recém chegado à cidade, assumia a paróquia. Moura ao sorrir para o Padre, despertou uma curiosidade e ele quis saber quem era aquela menina. Ela confessou seu fascínio pelas pinturas da igreja. Sempre quando trazia sua avó para o médico, Moura aparecia depois das compras, chegava alegre, exalando um perfume adocicado de quem havia acabado de tomar banho, um cheiro que o fazia recordar a casa da infância. Os cabelos calêndula de Moura caiam até a cintura. O rosto, todo salpicado de sardas, formavam círculos pontilhados nas bochechas, dando-lhe uma delicadeza natural. O Padre ficou instigado, pois, embora ela viesse de uma comunidade simples, sua fala e gestos pareciam de uma menina estudada na cidade grande.

Não restava dúvida, Moura havia chamado a atenção do Padre. Intrigado, não escondia sua atração pela menina. Sonhava com seus seios redondos de laranja do céu. Queria saber mais e mais da menina. Um dia, perguntou sobre seu nome, quem o tinha dado, afinal Moura era nome de caboclo. Perguntou sobre a cor dos cabelos ruivos e da pele clara, tão diferente da sua avó, morena e de cabelos negros. A menina nada respondia, dizia que foi sempre assim e assim era. Por outro lado, o encanto da menina era tal que não carecia perguntar nada, apenas admirá-la. Todas as noites o Padre Dias rezava para Deus, pedia por sua alma, para acalmar os desejos da carne, mas no outro dia, acordava excitado, ereto, imaginando Moura nua ali na cama estreita de solteiro, reservada aos padres. Ele não via em

Tacaratu nada mais bonito do que Moura, encantava-se como ela mexia os lábios para chamar por ele, e do jeito do seu caminhar pela igreja, dando saltinhos curtos que espalhavam seus cabelos por ombros e costas.

De pronto, o Padre criou um grupo de jovens ajudantes da igreja e incluiu a menina. Os meninos receberiam aulas do Padre em troca dos afazeres e arrumações da igreja. Fez questão de ir ao interior falar com a avó de Moura, dizer que a igreja arcaria com as despesas do transporte da menina para ela ir à Tacaratu tomar aulas de religião, português e matemática. A avó, uma cabloca dos Encantados, pouco sabia das crenças da igreja e de Nossa Senhora dos Prazeres, mas achou que era importante Moura aprender além dos poderes das ervas e rituais de cura do povoado. Aceitou a oferta do Padre.

Assim, conseguiu o que queria, Moura tornou-se ajudante da igreja. Os alunos do grupo da igreja nunca faltavam, e o Padre começou a tomar fama de homem bom, redentor, por ajudar e desenvolver tantos meninos sem oportunidade das redondezas.

O Padre falava de religião, passava lições de português, matemática, às vezes ensinava sobre a história do Brasil, de como os jesuítas foram importantes para organizar o país recém descoberto pelos portugueses. As aulas de religião eram fundamentais para eliminar as crenças selvagens dos povoados próximos de Tacaturu, e ele se empenhava em esclarecer que não existia nenhum Deus do vento, do mar, do rio. Muito menos espíritos de curas e avisos de pássaros. Ele afirmava que Deus era só um, e era Ele o único a agir sobre o destino de um povo, tendo o poder de curar ou levar os seres para o céu. Moura escutava calada, tinha vergonha de contestar o pobre Padre e explicar tantas coisas que ele desconhecia. Mesmo assim, gostava de escutá-lo em seus discursos empolgados, sentia muita consideração pelos ensinamentos, pois não tinha condições de ir à Escola Julia Gomes de Araujo, e com ele aprendia muito, menos as coisas do mundo e da fé, nesse ponto o Padre se enganava por completo.

Na última aula de uma semana de julho, numa sexta-feira ensolarada, ele pediu a Moura, em momentos antes de encerrar a aula, que ela pegasse uma encomenda no Restaurante Recanto do Matuto. Ela deixou a igreja apressada e seguiu pela Avenida Pedro Francisco da Silva, quando voltou à igreja, os alunos haviam ido embora. O Padre agradeceu a gentileza. Pegou a encomenda que ela trazia e se despediu de Moura. Mandou lembranças para sua avó e pediu para que ela viesse de sapato fechado na segunda-feira, pois eles iriam fazer uma aula de campo.

Foi assim que o Padre e ela chegaram na semana seguinte à cachoeira de Arauri. O Padre havia maquinado todo o trajeto, primeiro dispensara os alunos no momento que Moura não estava em aula, depois escolhera um local de difícil acesso. Foram quase duas horas de caminhada até a entrada das águas. A cachoeira, um templo sagrado do um povo da floresta e, que por essa época do ano ficava isolada, pelo difícil acesso por causas das chuvas e cheias. Ali, ficariam sozinhos, e ele poderia cometer seu crime. Moura confiava no Padre e nunca imaginou o que ele pretendia. Ele, então, falou de purificação, batizado, de banho nas águas da cachoeira. Ela achou estranho, mas consentiu, retirou as roupas e se atirou na água junto com o Padre. Neste gesto, de inocência da menina, foi que o Padre a segurou pelo cabelo, primeiro beijava-a o pescoço, o rosto, os lábios e depois segurou sua intimidade por baixo das águas, avançando com os dedos grossos por dentro da vagina. Ela tentou se desvencilhar, o empurrou com as duas mãos, tentou mordê-lo no ombro, mas o Padre Dias era forte e Moura viu que não escaparia, foi então que se entregou nas águas, fixando seus olhos azuis na correnteza da cachoeira, via dali uma espuma branca a pintar parte do céu, enquanto aves brincavam e mergulhavam a pegar peixinhos. Era possível observar, por entre a folhagem o dia ensolarado lá no alto. Moura sentia que o Padre chegava cada vez mais perto, ele avançava, avançava por entre suas carnes, e ela se entregava por completo à natureza, a mãe Inajá, a dona da cachoeira. Por um momento cerrou seus olhos e sentiu um raio de luz refletir em seu rosto. Recordou de uma das rezas de sua avó, e o sonido de uma flauta e de maracas tomaram seus ouvidos. Da floresta, escutava gritos de mulheres e aquele sonido aqueceu seu corpo, Moura desvencilhou suas mãos e proferiu uma reza para Inajá

Iá pow ka, ox oxi mar ê
lá lá, xum xum xum mar ê
ox koixi, xi, ox oxu xekiê ia
ox koixi, xi, ox oxu xekiê ia

ia maki xavaiê aê maxi, iii, ia
Iá pow ka, ox oxi mar ê
lá lá, xum xum xum mar ê

ox koixi, xi, ox oxu xekiê ia
ox koixi, xi, ox oxu xekiê ia

Dali, um esguicho de uma correnteza surgiu do meio do lago quase ao lado deles, com uma força tão violenta que poderia levantar todas as pedras no fundo do rio. Gritos de sabe lá de onde não paravam, não paravam, o redemoinho se formou ao redor da correnteza, uma inundação, água para apartar a morte. O Padre não conseguiu segurar Moura, largou-a ali, e partiu em braçadas largas para salvar sua vida. No seminário, aprendera a nadar e agora pela primeira vez iria precisar mostrar sua habilidade para não morrer afogado. A correnteza arrastava tudo ao redor de um buraco central que se alternava entre jorrar água aos céus e empurrar tudo ao redor para longe. Moura foi arrastada para o outro lado e sumiu nas águas. O Padre, habilidoso, segurou-se numa pedra para soltar à margem e deixar o rio. Ainda, antes de partir se virou para olhar o que atrás dele acontecia. Uma mulher formava-se na fumaça da correnteza, e peixes, muitos peixes saltavam por ali. Padre Dias pegou as roupas dele e de Moura e voltou para Tacaratu.

JENIPARÁ 141

Onze horas e vinte minutos da manhã *aqui na estação* Tapajós 81 FM. *Amigos da rádio, muito obrigado pela sua participação, ligue aqui, e dê o seu depoimento sobre a nossa cidade. Você que chegou agora e vem de longe, queremos saber seu lugar de origem e há quanto tempo está em Jenipará. Nos conte se já comeu tambaqui, porque você já sabe, quem come tambaqui, nunca mais sai daqui. Que maravilha! E agora vou liberar o telefone para mais um testemunho, lembrando que no final de semana vamos ter mais uma feira de alimentos na Praça Carimborari, com a participação dos pescadores e dos produtos naturais. As barracas da feira estão cada dia com mais variedades. É fruto, é verdura, é peixe, é farinha, sucos de todas as cores. Tudo a preços populares com música ao vivo e tudo mais. O grupo jaraqui sobe ao palco por volta das seis horas da tarde para animar a festa, logo depois da missa na igrejinha. Um domingo para colocar prosa ao vento, e fique aí, porque daqui a pouquinho vou liberar o telefone da nossa rádio para mais um habitante contar a sua história.*

Agora, meu povo carimbozeiro, vocês são incríveis, depois do nosso primeiro baile, o baile do Boró, o telefone não parou de tocar, todo mundo pedindo o ritmo mais animado, alegre, do nosso país. Viva o carimbó! Quem aí nunca se pegou arrastando um pé no meio da sala de casa, escutando um carimbó aqui na nossa rádio? Falem a verdade. Meus caribomzeiros, liguem aqui, a linha está livre, e peçam a música de sua preferência.

Rádio Tapajós FM na escuta:

Alô, quem está ao vivo aqui na Tapajós 81 FM?
Grande amigo Nelson, eu escuto você todo dia. Sou a Dulcinéia.
Opa! Que maravilha Dulcinéia! Fico muito agradecido, e qual vai ser a pedida?
Olhe, minha família e eu chegou aqui não faz seis meses, e posso dizer, que lugar bom esse, nois tava passando trabalho, filho doente, pouco serviço. Quero dizer que você tem razão, que paraíso é esse?
Ah, Dulcinéia é mais uma ouvinte feliz com a nossa cidade, isso é uma glória, uma bênção. Veio de onde mesmo Dulcinéia?
Sul do Maranhão, de uma zona rural perto de São Raimundo das Mangabeiras.
Ah! longe mesmo, mas agora já virou jeniparense, não é mesmo?
Sem dúvida e quero oferecer a música de Karata com letra de Rosana Banharoli, mulher que conhece mulher:

> *As mulheres*
> *Nascidas lá no Norte*
> *São feito raiz forte*

Por prevenção,
Melhor
Dobrar-se a Elas

E que venham
Onças sucuris e outras cabeças
Elas estão sempre um passo à frente

Filhas de Gaia
São salvaguardas dos rios
Das matas e de sua gente

Mulheres de raça & de graça
Cantam Dançam & celebram
A vida mesmo quando dor
: São da Floresta Amazônica
São matriz do povo ribeirinho
São Mulheres Genaras de Jenipará

Quando saí de São Raimundo das Mangabeiras, lá no Maranhão, nunca imaginaria que depois de uma semana chegada à terra prometida, num raiar do dia, estaria com os pés na areia e de mãos dadas a Bidela. Caminhávamos de volta a Jenipará, atravessando a ponta do Cururu e a Pedra Grande. Levava as sandálias nas mãos e uma brisa de alegria no rosto. Não sabia nada de Bidela, era verdade, mas também tampouco sabia de mim. O que sabia, o meu sonho, e de toda a minha família, era sobreviver à miséria, ou melhor, era fugir da fome e da seca. Agora, um homem vinha ao meu lado, talvez com seus vinte anos, alto, forte. Os cabelos grossos, escuros, os olhos negros e grandes, o nariz reto, tinha a boca carnuda e o queixo largo. Calçava chinelos velhos, mas caminhava com toda a segurança que os homens daquele porte devem caminhar. Exalava da pele não sei que misterioso cheiro, de tal força que me arrastava para dentro do nosso universo, e ali éramos nós, mas não a soma de duas pessoas, éramos a liga de dois ingredientes que combinavam. Eu uma Joane fêmea, uma mulher certa que não passaria apuros. Não que fosse ser salva por aquele homem, ao contrário, talvez eu o salvasse, mas aquilo que agora me preenchia, aquela força gerada no encontro, do desnudar-se, sem máscaras, sem medos, aquele vigor capaz de construir cidades e montanhas, agora habitava dentro de mim, como se o mundo fosse todo meu, e eu assumia toda a responsabilidade para fazer do meu novo lar um lugar de felicidade.

Nos separamos perto da venda do Valdir, ele seguia para o serviço e eu para casa. Era provável que a minha família estivesse preocupada comigo, mas ao mesmo tempo, em poucos dias na cidade, percebera que as notícias voavam na velocidade de uma estrela cadente. Minha tia Dulcinéia, o menino Gaciel, o pai Lucio, a esposa dele, Marelise, a sobrinha Jussara, e os primos Lazaro e Deise, todos lá do Maranhão sabem bem como funciona a cidade pequena, ainda mais aqui, que tem menos gente. No mínimo colheram mais informações sobre Bidela pelas redondezas da cidade do que eu mesma que passei com ele a noite. Cheguei até o portão de mansinho, tentando não alertar os parentes. Tufão não me vê, e isso é um grande milagre, passo sorrateira para o meu quarto. Na cama, deitada, repasso tudo o que aconteceu naquela noite comigo e Bidela.

PERMITO QUE ME PERSIGAS COM TUAS ÁVIDAS pupilas e percorras a curva do meu ombro a descer esse trajeto imbricado do corpo. Avisto-te antes da noite, antes de ti mesmo, avisto-te dentro da minha própria névoa de sorte, em que tudo é maior do que se espera, em que tudo transpassa a imagem ainda não gasta de um novo dia, de um novo lar. Tu em miragem surges na face de uma folha de jenipapeiro. Teu corpo fibrilado de desejo se projeta nos troncos das árvores, bem à margem desse rio que se desloca e nos protege, e te escuto dizendo meu nome, ainda que tuas palavras se sufoquem pelo ronco do motor do barco que nos leva à terra prometida. Atiro-me sobre um banco no convés, perdida no céu como um espírito da mata, procuro em cada canto a reposta do que já a mim se assoma, a pedir que venhas logo ao meu encontro, e vejo os ciclopes dos animais que por ali estão, e neles apenas você. Depois, procuro por todos os lados uma música, um som que decifre essa loucura, enquanto o rasto do barco marca a água que por nós passa e nos deixa. Não desisto, e procuro ainda um lugar calmo para então ver quem és, cerro as pálpebras e ali está o formato da tua anatomia. A sombra da silhueta presente num canto da minha cabeça, numa tela luminosa. Não sei, não saberia dizer quem és, mas já és meu. Às vezes vinhas nas asas de uma ararajuba a acompanhar nossa travessia pela Amazônia, e eu me perdia entre os troncos no igarapé, nos olhos acesos dos bichos da noite, e o nosso caminho era o enigma em que eu ali me via impelida a decifrar. Perguntava-me para onde ia, para que lado era esse lugar prometido, que não tem fome, nem a miséria que quase destruiu a nossa família. E assim, não foi difícil de saber que era você do outro lado do salão no baile do Boró, desconfiei que era o mesmo homem que eu via pela ribeirinha durante a travessia do rio Amazonas, e era. Sei disso pelo corpo, pela sua altura, e pelo sorriso.

Você atravessa o salão e vem na minha direção. Disfarço, chamo alguém que está por perto para conversar, preciso de tempo, preciso saber o que irei dizer para ter certeza que era você mesmo. A banda do Mestre Chico Malta já se apresenta no palco, mexo meu corpo sem escutar a música, na expectativa que ele se aproxime e me chame para dançar, mas ele não vem. O povo já dança, e como dança, o carimbó sempre foi um ritmo que quis aprender, se bem que eu nunca tinha visto ao vivo, em São Raimundo das Mangabeiras o que a gente conhece de dança é o forró pé de serra e as apresentações do Fulô das Mangabeiras. Carimbó é um forró solto, de passos espichados, de ir e vir na volta do parceiro, um ritual de sedução. Oh! Esse carimbó se me pega, aí sim, não largo mais. É a verdade. Não sei quantos minutos passaram, e por um instante pensei ter feito uma confusão, ele não havia me notado como eu imaginara, mas não tardou para me puxar pela mão, nos encaramos pela primeira vez, e sem dizer nada saímos a balançar de um lado para outro, a fazer a volta no salão. Era ele, calado, observador, daquele jeito só dele, me tirando do sério. Havia em Bidela um enigma, demorei um tempo para entender quem estava diante de mim, mas depois percebi que nos entendíamos pelo sorriso. Dessas coisas de gostar de alguém no primeiro momento, pelas afinidades, pela química, e dali nascer um sentimento. Depois de dançar a noite inteira, saímos pelas ruas de Jenipará. Não iria para casa, senão ficar até o dia clarear ao lado dele. Na Pedra Grande, avistamos a ponta do Cururu, Bidela falava agora sem parar. Contava sobre seu primeiro encontro com a cidade mágica à beira do rio Jarurema. Da sensação de alívio e segurança que aquele lugar lhe trazia, das casas construídas junto à sua família. Dos estudos e da luta na capital para emancipar até então o pequeno povoado. Dois anos de viagens e reuniões, e por fim a conquista, Jenipará emancipada, uma cidade independente, com Prefeitura, vereador e recebendo recursos do governo. Bidela se mostra imbuído de um ar de certeza, de quem sabe o que quer e o que deve fazer. Não haveria por ali homem mais determinado, homem seguro, mas ainda assim uma pessoa de mistério nunca por completo revelado, de natureza selvagem a soltar faíscas por seus desejos. Dele sempre seria possível encontrar o fio de outra história, marcada por aventura e heroísmo.

Dali, a enseada da Ponta do Cururu, avistamos a palmeira de açaí, e uma ararajuba a brincar numa penca de frutos. Bidela me contava sua história, sobre a vida de seringueira, os conflitos, as perdas, a sobrevida, e a descida para o Baixo Amazonas. Não soube o que dizer, tudo nele era urgente, e eu apenas pensava em beijá-lo, em subir no seu corpo a escutar seus sentidos. Era quase impossível deter meus impulsos, ainda mais quando um sopro de ar me trazia o cheiro de sua pele. O perfume de aroeira me desconectava do mundo e eu me continha em mim e esperava ele encerrar a prosa. E agora? Quem é capaz de dizer quem éramos, se o que fomos tão distante já está? Quem é capaz de dizer quem é senão estiver nu diante de si? Comecei a imaginar, então, o seu verdadeiro mundo, esse a margem do cotidiano, esse fora da anatomia das coisas, vivido em segredo, e que vem à tona num ato de entrega ao próprio desejo. Uma hora é preciso deixar os apêndices de vida fixados no passado pela história que já foi. Uma hora se faz necessário deixar apenas o ar entrar e preencher o que temos aqui. Nós na enseada da Ponta do Cururu. Ele e eu, e desvio atenção para mirar o rio, e deixo ele falar sozinho sobre a sua pedra lais. Deixo-o como me deixei ao sentir a areia na planta dos meus pés e assim ele se cala. Por final, ele se vê em mim, assim como estou me vendo nele, assim como se refaz a vida, quando escutamos a íntima voz do nosso ser. Ele vem, agarra-me pela cintura. Não poderia dizer nada daquele dia senão afirmar que ali começamos nossa história.

...cricrió, cricrió... cricrió, cricrió... Então, ouvi o barulho deles antes do homem cantante. Aninhei-me um pouco à frente para ver com precisão o reencontro. Do galho via-se o pôr do sol matizando o céu. Aquilo despertou em mim a alegria.

VICENTE GONZÁLEZ, LUTADOR DE KICKBOXING, parecia um homem honesto. Nunca quis deixar a Venezuela, mas depois de se envolver numa briga de rua e levar uma facada pelas costas, a qual o deixou por dois meses internado num hospital, oscilando entre a vida e a morte, resolveu se unir ao grupo que planejava o êxodo para o Brasil. A viagem à Amazônia estava marcada para o próximo ano, porém do dia para a noite o grupo resolveu deixar a Venezuela e se embrenhar por novos rumos. Mal deu tempo de avisar a família, Vicente não conseguiu sequer dar um telefonema de despedida para os parentes. A mãe, aos prantos, prometeu ligar para a Abuelita, os tios e amigos, enquanto Vicente partia na esperança de conquistar uma vida digna fora do seu País, sem nunca tirar da cabeça que voltaria para buscar os pais. Decisão difícil, deixar a casa da infância, desbravar mundo, percorrer mata, escutar a música de um povo ainda desconhecido, de uma floresta enigmática em que nada é o que se vê, senão somente o coração depletado do homem que deixa para trás um amor. Amalia, de olhos morados, às três horas da manhã, dormia um sono pesado de quem havia trabalhado duro no dia anterior. Não despertou com o chamado de Vicente na janela. O rapaz, sem tempo para esperar, se foi sem nada dizer. Levaria somente o amor, e o preservaria no oculto silêncio do tempo, fora as caricaturas e os discursos que inflamam paixões; aqui o amor solitário de alma a reconhecer nas precipitações da natureza os sinais de sua existência. Nas distâncias, nos medos, nas improbabilidades que se propõem os caminhos nas constelações. Era possível entender que ali um menino engolia a selva, e o Brasil era o mistério esperança de todos os tempos. Nada além de um horizonte de conquistas, de uma terra-promessa, em que tudo se pode, menos a vida do seringueiro. Essa já fica para trás, em outra época que não se pode sustentar, essa foi queimada na fogueira da morte junto a tantos outros que ficaram pelo caminho. Agora, aqui, se procura a nova floresta. A floresta de recursos, de fontes, de criação, mostra sua outra face, outra história para o mesmo povo que nela a busca. E nela suas mulheres, e entre elas, quem sabe está Amalia.

Dali, Vicente nos acompanha até a nossa casa, pai acredita na história do estrangeiro e descemos todos por entre pitangueira, pitombeira, barriguda até a entrada do Seringal Baldaceiro. Só em pensar na proximidade de nossa casa, o peso dos fados se soltam de nossos ombros. Já é possível sentir o aroma do que nos é familiar, a comida da mãe Zeli, o cheiro do quintal de casa. Mãe Zeli se assustará com nosso estado: imundos, magros. Notará nossas caras de alívio, pois mesmo em trajeto tão conhecido, agora tudo era perigo. Ainda mais se escutávamos o canto do urutau no topo de uma palmeira. Até então descemos por um trajeto seguro, mesmo quando se escuta o canto de um urutau, no topo de um palmeira.

No momento da noite, pai toma à frente, Senhor da borracha, desbrava caminho. Atrás, nós, sobre um céu que quase nos toca, juro, Chico se subisse nas costas de pai alcançaria as estrelas. Nosso pai nos guia, homem-floresta, que acolhe e protege, ainda mais agora depois de três dias: é preciso dizer que tudo a nossa volta confunde, as penumbras, o som do urutau; não estamos certos de quem somos, se somos gente, mato, ou bicho. Somos floresta, espíritos a procurar o caminho de casa. Seguimos, e o medo nos ronda e me sinto abafado, cercado por um muro que construi para me proteger de mim, do que não quero pensar, do que não quero que entre na minha cabeça, porque aprendi com Pascual, isso ele nos ensinou, o bom da vida é manter a mente alegre, e o seringueiro canta, não agora, aqui é apenas descer a mata e chegar logo junto a mãe Zeli. O som da noite me perturba, juro escutar a faca corneto a talhar o tronco da seringueira, como se a floresta fosse um grande seringal. Não saberia dizer quantos passos faltam para avistar nossa casa, e meu corpo não tem limites, a canseira nos toma, menos meu pai, esse caminha altivo, concentrado, alerta, pressente o perigo. Um som capiongo toma conta da noite, triste em tristeza a febre, a fome. Não seria hora de ficar alegre? Mãe Zeli logo conosco, mas a gente desamparado de nós mesmos, coisa que não se sabe explicar, e um silêncio de tão penoso nos pega, sai mais forte que o alarido da ave mãe. A angústia do que está por vir. Presságio de uma realidade próxima, do que não se vê, mas se sente e se mostra logo logo, ou não, quem sabe é a canseira dos ossos, as coisas que vão se amontoando por cima da gente, e nos fazendo desanimar. Prendi as vistas à frente, só num ponto, sem me desorientar com o que vinha da volta, sem escutar o medo a me dizer que não iria mais ver a mãe Zeli.

Meia noite no pequi, e dali já se avista o Seringal Baldaceiro, quieto, sem nem se quer o zunido de um bicho, nem o movimento das folhas e neste silêncio uma aflição se solta, as portas de uma gaiola se abrem, e aos poucos, o que nos mantinha presos, na insegurança de não saber o que estava por vir, se acalma. Há uma esperança: Mãe Zeli, há de estar onde sempre esteve, à beira do fogão, na lida da cozinha, no preparo da boia do seringueiro. E a voz de dentro se cala. Aí está, aí é o que vamos enfrentar com o pai Celso, com Chico e todos do Seringal. Juntos vamos decifrar o que somos agora. Aliás, o que somos se o seringal foi tomado? Se no lugar das seringueiras tem boi e pasto?

A Vila do Seringal Baldaceiro aparece diante de nós, o mesmo silêncio que antes nos afligia. Não se vê nada além do abandono. As casas desertas, não se enxerga mãe Zeli, deveria estar na porta da frente, com as mãos na cintura, nos esperando, aflita, batendo o pezinho no assoalho da varanda. Pai Celso chama por ela, grita seu nome, e andamos pelas ruelas da Vila em direção a casa. Passam da meia-noite, e janelas, portas, cancelas, todas abertas. Nem os fantasmas estão por ali. O que é possível fazer quando nossa casa não é mais nossa? Quando ali não se encontra mais ninguém, cadê mãe Zeli, e todos os outros que ficaram no Baldaceiro? No fundo das casas, o varal com as roupas estendidas, o bule sobre o fogão a lenha com o café frio, a comida nas panelas de ferro, tudo parecia nos esperar se não fosse pela temperatura fria e a ausência da mãe. No quarto dos pais, a cama arrumada, a camisola da mãe sobre o travesseiro, o chinelo ao lado do guarda-roupa, a cortina erguida. No nosso quarto, tudo igual, bem arrumado, a mãe Zeli tinha passado por ali não fazia tempo. E onde estaria agora? O que justificava a sua ausência? O desaparecimento de todos os outros.

Paramos em frente a casa, pai Celso caminhou até o pequi, de lá se via os topos das árvores, ou o que restavam delas. Esperamos um pouco por ali, Vicente não sabia o que fazer. Perdido, caminhava em passos largos de um lado ao outro, talvez mais desorientado que antes, quando o encontramos sozinho no meio da mata. Agora somado ao seu sofrimento de deixar a família na Venezuela, carregava também o nosso pelo desaparecimento da mãe Zeli. Não sei o que aquele venezuelano vinha buscar no Brasil, mas de certo o que acontecia ali estava longe de ser o país progresso que ele sonhava. Mal havia atravessado a fronteira e já vinha sendo expulso junto com os seringueiros. Chico sentado na rede olha o pai ao lado do pequi. Robusto tal qual o tronco da árvore, pai Celso parecia mergulhado naqueles momentos de decisão. O que fazer? Sabia que devia agir, pois estava claro que ficar no Seringal Baldaceiro era correr perigo. E mãe Zeli, onde estaria a essa hora da noite, para onde teriam ido todas as mulheres e crianças que ficaram no Seringal? Não havia sinal de luta, nada mais do que casas fantasmas. Chico não se contém, levanta-se da rede e corre em direção ao pequi em que está nosso pai, Vicente o segue. Excito por segundos, e depois tomo meu rumo, não quero mais me afastar do grupo, nunca se sabe o que pode vir da floresta. Sigo atrás de Vicente. Nos reunimos ao redor do pequi, pai Celso nos encara, um a um e tomamos os lugares ao seu lado em um círculo à beira do pequi. Entrecruzamos os olhares, um pelo outro. Ninguém toma à frente, cúmplices da mesma história entre a dor das nossas perdas e a alegria de ainda estarmos todos vivos e ali juntos. Nesse silêncio pronunciado, as palavras perdem o prestígio, mas nunca deixam de existir, sobrevivem dentro desse espaço de quando nos encaramos calados. A nossa prosa é uma composição invisível que diz desespero, diz apelo, diz medo, diz floresta e, sobretudo, diz mãe Zeli. E nos tocamos sem sair do lugar, sem esticar braços, sem aproximar os corpos, um conforto que acontece no nosso silêncio, de quem experimenta uma cumplicidade desavisada. Em meio a turbulência da nossa história, há o balançar das plantas, o arrastar das folhas secas pelo chão, o ruído misterioso de um bicho, e a resposta que procuramos nos vem, será produto da fé? Vem como vendaval contornando os troncos das árvores, uma desconhecida em uma faixa arco-íris, de cores que nos passa e nos leva. Não sei o que pensar diante daquelas luzes, desconfio que é criação de um corpo exausto, de uma mente cansada. Tenho fome, sede, desespero, então con-

cluo delírio até ver pai Celso seguir a faixa de luz, depois todos nós o seguimos, andamos sem entender o que ali acontece. Que fenômeno misterioso era aquele? Que tipo de magia enigmática que nos dava um rumo mesmo sem saber o que na frente esperar? A espera. No brocado da roça, no derrame do leite da seringueira, no crescer da plantação. A espera. E nesse tempo a gente se pergunta. O que acontece quando mais nada sabemos, a quem pertencemos se de nós tudo nos tiram? Nossa floresta, nossa casa e agora nossa mãe. E preciso um caminho seguir e nele confiar. Saímos ao encontro de uma resposta, atrás dessa faixa misteriosa e de inúmeras cores, em busca de um som até então não identificado. Ali, caminhamos até deixar o Seringal Baldaceiro e nos embrenhamos por dentro da mata, conduzidos por um fenômeno até então desconhecido. Descíamos a mata entre entre um vermelho que se fez amarelo que fez laranja azul verde violeta e um som capiongo que se tornava mais alto conforme caminhávamos em direção ao rio. Quem de nós pode dizer o que vimos? Muito tempo depois, numa tardinha à beira do rio Jarurema, depois de Chico e eu levantar uma das paredes da nossa casa em Jenipará, perguntei se ele enxergara um arco-íris circulando árvores a nos conduzir pelo caminho. Chico me confirmou com a cabeça, então entendi que foi ali que a morte morreu de medo, pois a esperança é uma roda a girar pelo mundo, foi ali que um feitiço se fez e se desfez e naquele entre cores ao lado do rio, vimos em pé a mulher, ao lado de uma canoa, de vestido azul, mãe Zeli nos esperava. Seria impossível contar em palavra o que naquele momento sentimos no coração, o reencontro com a mãe, o reencontro de todos nós ao lado do rio, ela nos acolheu ainda sem palavras, ainda sem nada dizer, não sei se choramos ou rimos, recordo apenas dos olhos de amor de mãe, fixados em nós como se nunca antes tivessem saído de perto dela. Ali nos abraçamos, e ela nos diz em calma, com a segurança de quem é dona da mata do rio, de quem é dona de todos nós, ela pronuncia baixinho, com a delicadeza de uma rainha, vamos embora, aqui não é mais o nosso lugar.

É DE RIO MEU DESTINO, e segue a desviar arraias e pedras, e de quando em quando se faz curva sinuosa retorcida para contornar obstáculos que se colocam à frente. É de água meu desejo, a se renovar em paisagens, a se mostrar o outro do outro, e nos provar que nunca somos o mesmo, nunca somos aquele que começa a viagem. Então, o que somos? A força que acorda de um lugar que nem sabíamos existir, somos o desconhecido, aquele que se move, tal qual é a vida do seringueiro, nunca para, e caminha e caminha e transmuta à margem do Abunã. Agora descemos o rio, entre as vitórias-régias. A canoa anda devagar, sem chamar atenção, remamos em silêncio para não despertar o invasor. Mas quem é o invasor? Nem sabemos, apenas nos deixamos ir pelo pressentir de mãe Zeli e, assim, percorremos a nossa estrada, camuflados por entre cipós e liames.

E o que fica para trás? O Seringal Baldaceiro, a nossa casa, o pequi de pai Celso. Por hora, é preciso esquecer o que ficou, vale mais pensar no que está por vir e deixar o tempo costurar a memória. Se parar agora e retomar ao que nos aconteceu, é se tomar de raiva. E a quem a raiva pertence; é a quem cega e domina. Sábia a ideia de olhar para frente, concentrar no horizonte, na linha paisagem que passa ao alto, e a rasteira, aquela que deixa o cheiro

JENIPARÁ 163

de uma esperança. Afinal, toda nossa família sobreviveu e junta aqui está, como um milagre sem nome, seguimos pelo rio Abunã. À frente, o desconhecido, sabe-se lá aonde a canoa de mãe Zeli nos leva. Confia-se, e pensa-se alto, na fé de encontrar um lugar pronto para nos receber. Lugar misterioso e, ainda assim, acolhedor.

Procuro junto ao pouco que carrego, a pedra lais, penso em Rudá, e em como surgiu nossa amizade. Eu pouco o conhecia, mas tudo que nele se apresentou a mim se conectava. Vasculho na minha mente um lugar em que ele me fale quem é, conte da sua vida na floresta, do seu povo, um lugar em que Rudá e eu estivemos juntos e provamos a amizade. Não saberia dizer quem ele é, mas trazia a certeza de uma amizade que nem sei bem como aconteceu, pois nunca conversamos sobre os nossos medos, os planos, os desejos. Não fizemos nada que amigos fazem. Em comum, apenas a vontade mutua do que o povo dele queria e os seringueiros buscavam: um lugar para viver e trabalhar. O nosso lugar que nos pertencia não por conquista, mas por afinidade, por ser nós seringueiros parte da floresta Amazônica, assim como é a samaúma, a aroeira, a pitombeira. Aqui é o lar que nos alimenta que nos acolhe, assim como o tambaqui não vive fora do rio.

...cricrió, cricrió... cricrió, cricrió... Pela margem do rio vou seguindo, espero e avanço, fico e vou, sigo a luz que um deles carrega no barco. Era mais seguro seguir com eles do que ficar vagando sozinho, com eles os outros não se aproximam.

De uma bolsa de couro, mãe Zeli toma um embrulhado coberto de folha de bananeira. Comida para todos nós. Mãe Zeli é bem isso, mesmo dentro de uma canoa apertada, de uma confusão de tempos, ela não nos falha, serve a todos com a melhor comida. Primeiro passa a macaxeira cozida, a batata misturada com milho e coberta com a farofa de coco, há exaltação entre a tripulação, os corpos se agitam, a canoa treme e mãe Zeli pede calma: – "tem para todo mundo." Chico pega primeiro, arranca uma fatia exagerada, daquelas de dar inveja, nos deixando com receio que não sobre para nós. Mas a mãe esconde o melhor, de dentro da bolsa sai uma sacola com bananas de todos os tipos: roxa, ouro, peroá, comprida, baié... Tem coisa mais gostosa que uma baié?

Desde que chegamos ao Seringal Baldaceiro e vimos que o lugar estava deserto, havia perdido a fome, a sede, o sono e talvez a esperança em retomar a nossa vida com mãe Zeli, mas ali sentado na canoa, remando com cuidado, junto da minha família, me via faminto, morrendo de sede e desesperado para que a comida da mãe passasse logo por mim. Não era possível pensar em nada diante daquele cheiro de macaxeira derretendo dentro do papel. Vicente também esperava sua vez de pegar o pedaço da paçoca e ninguém pensava para aonde a canoa seguia, ninguém lamentava o que havia nos passado. Avançamos por entre os topos das árvores do Igarapé, pai Celso sentado na proa, iluminava com uma lanterna a escuridão que se apresentava a nossa frente. Uma vez ou outra, a luz mirava os olhos brilhantes de um jacaré, mas ninguém ali estava com medo, era certo que logo chegaríamos em lugar seguro e mãe explicaria o que ocorrera com o Seringal. Por que o Baldaceiro se tornara um lugar fantasma e nos diria onde estavam todos os outros moradores da vila. O Abunã manso, uma vez ou outra, se escuta o canto de um ave, a queda de um galho na água, o saltitar de um peixe, e a gente permanece quieto, fugindo do que não sabe. Só mãe Zeli, firme, carrega o facão para afastar uma vegetação outra que atrapalha a descida no rio, e segue levando a família para lugar seguro, e a gente confia, sabe que é assim que deve ser. A mulher dona dos rios, das bondades, e dali vejo as costas de minha mãe, sentada com um remo na mão, os cabelos soltos, escuros, os braços queimados do sol. Ela puxa o remo com toda a delicadeza, decidida, convicta de onde quer ir. À frente, enxergo, à margem, uma luz, mãe Zeli se vira, faz sinal para que a gente não pare de remar, ordena que pai Celso levante a lanterna, e faça um sinal para que eles na encosta nos vejam chegando. Não é possível distinguir quem são aqueles vultos à margem do rio Abunã, mas pelo que mãe Zeli avisa, são amigos para nos ajudar. Inclinamos a proa naquela direção e aos poucos os vultos tomam forma. Lá estão os seringueiros Paulo, Marilda, Silva, Joaquina, Julio, Maria, José, Jussara, as crianças e todos os companheiros da nossa vila, todos que ficaram enquanto tentamos salvar a floresta do fogo e do contrabando da madeira. Paulo lançou uma corda para meu pai, e da margem, todos eles nos puxaram com gritos, risos, aplausos. Eram os nossos que nos resgatavam à margem do rio Abunã. Pulamos da canoa para o festejo. Apalpamos uns aos outros em abraços, beijos estalados e muitos votos de alegria. Lembro de tia Joaquina me apertar contra seus seios como se eu estivesse nascido de novo. Até Vicente foi festejado sem nem mesmo ninguém saber quem ele era. Não sei o que dizer sobre a amizade, nunca falamos disso no Seringal, chamávamos uns aos outros de companheiros. Nem uma fotografia registramos naquele momento, mas isso pouco importa, porque de tudo ficou em nossa memória o essencial. A força de estarmos juntos e a nossa esperança no que esse reencontro significava.

Então, mãe Zeli nos contou que os invasores se passando por homens do governo ameaçaram o povo da vila, disseram que nos queriam fora de lá. Ou saíamos ou prenderiam fogo em tudo, pois aquelas terras estavam habitadas de forma ilegal. Foi difícil tomar uma decisão, ficar e lutar, ela e algumas mulheres, as crianças e dois anciões. Ali, sozinha, sem a família, sem nem ter a certeza que nós voltaríamos. Os poucos que ficaram no Seringal Baldaceiro não sabiam o que fazer, então resolveram deixar a vila. Os tais caras com armas em punho, nos apressaram de uma forma que nem conseguimos pegar nada dos pertences, ainda que mãe Zeli, num voo de águia pegou umas roupas e alguma comida. Foi o que nos salvou da fome. O bando saiu sem olhar para trás, sem entender quem eram ao certo aqueles homens. Saíram de qualquer jeito, com a certeza de que a

Vila do Seringal Baldaceiro era página virada. Três mulheres, cinco crianças e dois anciões atravessaram a mata em direção ao rio, a procurar um novo futuro, que nem ela, nem todos os outros, poderiam imaginar qual era. Haviam nos tirado tudo, os familiares que saíram em busca de salvar a floresta ainda não tinham voltado, as seringueiras que não foram cortadas na lâmina da motosserra, queimaram nos incêndios, perdemos nosso sustento e agora, por último, tiravam nossa casa. O que somos quando não temos mais nada? A floresta, o rio, somos os animais da mata, enquanto ainda existe mata.

EM TACARATU, NUNCA SE FALOU nada sobre o ocorrido naquela tarde de segunda-feira na Cachoeira Arauri. O Padre Dias, na mesma semana, encerrou as aulas alegando que estava assoberbado com as atividades da paróquia e com o tempo curto para manter o grupo de jovens aprendizes. Dispersou os alunos, depois de dar a desculpa de uma gripe forte que o derrubara na cama por uma semana. Até a missa de domingo precisou cancelar por conta de sua doença. Ninguém em Tacaratu questionou o Padre sobre nada relacionado ao grupo, ou mesmo sobre Morocha, seu prestígio entre os fiéis da igreja continuou o mesmo. Grupos de rezas se formaram para orar pela saúde do Padre e graças ao bom Deus ele curou-se a tempo da festa de Nossa Senhoras dos Prazeres. Uma procissão percorreu as ruas da pequena cidade, missionários com velas nas mãos cantavam músicas religiosas e depois de duas horas chegaram à igreja para a missa festiva. O Padre Dias rezou a missa emocionado, nunca tinham visto em Tacaratu um Padre com tanta fé conduzir sua igreja.

Na semana seguinte, Padre Dias pediu ao motorista da praça para levá-lo ao povoado dos Encantados, queria visitar alguns fiéis na região, fazer rezas e dar bênçãos. A primeira casa que visitou foi a casa da avó de Moura. A mulher avisou que a menina estava doente e que não falava nenhuma palavra, os espíritos da floresta tinham lhe roubado a voz. O Padre Dias pediu para vê-la, queria rezar pela menina, mas a avó disse que ela se agitava muito com qualquer visita, e por precaução, o Padre que perdoasse, mas era melhor voltar de onde tinha vindo.

Três anos depois, Moura apareceu pelas ruas Tacaratu, arrastando um carrinho de madeira com ervas medicinais para vender aos moradores da cidade. Sua avó falecera havia dois meses e ela sem recursos financeiros, precisou arrumar um jeito de ganhar a vida. Pensou em ir embora dali, mas para onde, não conhecia nada além do povoado que morava com sua avó e a cidade de Tacaratu. Moura estava mudada, não usava os vestidos de cores alegres, prendados com bordas de renda, cerzidos pela avó. Agora, suas roupas eram largas e escuras, o cabelo preso num tecido violeta, e não falava com ninguém. Caminhava pelas ruas oferecendo suas ervas, sem tomar intimidade com nenhum morador. Apenas, retrucava quando lhe chamavam de Moura. *Moura não, meu nome é Morocha.* Assim, ela de menina alegre se transformou na mulher, a louca das ervas.

A primeira vez que viu o Padre Dias depois do acontecido, fez que não o viu, passou sem bem olhar, ele parado na porta da igreja esperando os fiéis para a missa, não a reconheceu. A notícia se espalhou pela cidade, a menina Moura havia se curado da doença que a deixou na cama por todo aquele tempo, e agora uma mulher estranha vagava pelas ruas vendendo umas ervas de chá.

Morocha todos os dias fazia o mesmo trajeto com seu carrinho, vencia a Avenida Pedro Francisco da Silva, cruzava o Posto Nuves, o Recanto do Matuto, a Escola Julia Gomes de Araujo. Ao passar pela igreja cumprimentava o Padre com um gesto desenxavido, e seguia seguia. Não era bem quista, às vezes destratada por alguns habitantes de Tacaratu, até o dia que salvou a vida do menino Genilson com a dança do Toró e um punhado de ervas. Daí em diante, tudo melhorou para ela, vendia bem, e o dinheiro dava para almoçar no Recanto do Matuto pelo menos três vezes por semana. O problema foi a mãe do menino, que sem se saber o motivo começou a persegui-la. Primeiro com injúrias, insultos, depois com despeito. Morocha nunca entendeu, a mulher que antes tinha sido agraciada com a presença dos Encantadores que afastaram os espíritos maus que rondavam o menino, agora a infernizava, parecia que só havia uma tarefa para Fermina em sua vida, perturbar Morocha.

Depois da Cachoeira Arauri, depois de se calar para todos, depois de perder sua avó, depois de passar fome, agora enfrentava a ira de uma mulher. Foi aí que decidiu ir embora de Tacaratu. Aquele lugar não era dela, e talvez nunca tivesse sido. A ideia não lhe saia da cabeça, mas para aonde iria e com que dinheiro? Resolveu que dali em diante buscaria um lugar e a forma de sair de Tacaratu.

…cricrió, cricrió… cricrió, cricrió… De repente, eles avistaram os outros. Foi uma coisa bonita. É nessas horas que dá para ver que eles são que nem a gente, sacolejam, bicam-se, cantam… no fundo, sabe de uma coisa? Todos os seres na terra são iguais.

COM O CANTO DO COMBOIEIRO A DESPERTAR DIA, subimos na embarcação. O motor de rabeta desligado para não chamar atenção de ninguém. Vamos rumo ao Baixo Amazonas. Mãe Zeli havia escutado que lá tinha lugar bonito para construir futuro. Negociou a nossa trajetória pelos rios com o barqueiro, pagaria com sua habilidade na cozinha, preparando a comida dos tripulantes, apenas não contava com a presença de Vicente, mas com um pouco de prosa e com o jeitinho de mãe cuidadora, o dono da embarcação aceitou levá-lo. Chico e eu iríamos ajudar as mulheres a cuidar dos quartos, das redes e das roupas. Pai Celso, em cada portuário, faria o carregamento dos produtos. E assim, seguimos viagem na correnteza do rio. Passei o primeiro dia da viagem arrumando os quartos da embarcação com Dona Jussara e Dona Joaquina, não sei o quanto eu conseguia ajudá-las, mas carregava garrafas e garrafas de água para deixar nas acomodações dos hóspedes. Depois, pendurei algumas redes nas laterais da embarcação, para a tripulação simples que não dispusera de um quarto. Chico ajudava a nossa mãe na cozinha, descascava batatas, batia ovos, mexia o pirão de tempos em tempos segundo as ordens dela. Eu pensava em como arranjar umas redes para Chico e eu descansar o corpo, não era certo onde iríamos dormir.

JENIPARÁ 175

Jacinto, o dono da embarcação, nada havia falado sobre o nosso local de repouso. Vicente foi escalado para ajudar nosso pai, limpando a casa de máquinas, abastecendo com combustível e arejando o espaço com baldes de água jogados ao chão. Um dos motores tinha a temperatura muito elevada; e Jacinto temia que não aguentasse até chegar no próximo portuário.

Perto do entardecer, o dono da embarcação me chamou quando me viu passar pelo convés. Encostamos no parapeito a contemplar a vegetação que passava ao lado do rio. Foi ali que ouvi pela primeira vez falar em Jenipará. Dizia, Jacinto, que meses atrás levara uma família inteira para o tal vilarejo. Eles também fugiam dos posseiros e madeiros de uma região perto dali. Segundo ele, Jenipará era um lugar promissor, que precisava de gente para crescer. Jacinto havia passado uma semana lá e me disse que naquele lugar Deus todos os dias se mostrava em círculo amarelo laranja entre as águas do rio Jarurema e o céu, e ao entardecer ia para o outro lado do mundo, deixando a escuridão surgir de pouco em pouco a encobrir a face das águas. Afirmava, fixando seus olhos nos meus, que era o lugar mais bonito da Amazônia, uma barra comprida que adentrava o rio, chamada ponta do Cururu, podia-se caminhar longas distâncias naquelas areias brancas em direção ao horizonte. Ao lado, uma pedra imensa que de tão larga e alta a nomearam de Pedra Grande. Imaginei Deus manifestado no pôr do sol nas águas do rio, e não conseguia definir que Deus era esse, que ia embora todos os dias. Que Deus então tomaria conta do vilarejo durante à noite? Certo era que o lugar e seus tantos Deuses me fascinaram. Jacinto, antes de dar às costas e voltar em passos largos ao seu posto, ainda me afirmou que não era de se duvidar Jenipará se emancipar em pouco anos. Já não tinha dúvida que o vilarejo viraria cidade logo logo, e das mais promissoras da região. Jacinto se foi, e eu fiquei ali a ver a água do rio passar e contar o tempo do primeiro dia do nosso futuro.

Tem biscateiro, tem camboeiro, tem ararajuba, ave alvoroço em um final de dia a procurar um lugar sossegado para passar à noite. Lá em cima, fiapos de céu se mostram por entre os topos das árvores, e uma luz filtrada por folhas e galhos chega até nós, pintando nossas caras de claro escuro, como se tivéssemos camuflados para entrar na floresta. O dia já se esvai no horizonte, eu sentia o ar passar pelo nariz e entrar nos pulmões, e suspirava e pensava, e cada fio de pensamento me levava ao tal lugar desconhecido que Jacinto descrevera tão bem. Certo era que a conversa sobre o vilarejo havia me perturbado as vistas, vários desenhos se formavam na vegetação da mata à margem do rio, como se fossem nuvens a criar imagens no céu. A mornidão do tempo me trouxe um peso extra aos ombros, ainda não tínhamos descansado desde nossa travessia pela selva. Esperava a noite para me jogar numa rede, mas uma sonolência me tomou de golpe, esmagando todo meu corpo, e aquilo me confundiu os sentidos. Foi aí que escutei, vindo de dentro da mata, um rumor estranho, e dali, do barco, vi, numa árvore, o rosto de Rudá projetado. Sua cara imensa me olhava, e no sorriso daquele menino guerreiro, meu amigo balançava a cabeça em sinal de aprovação. Duvidei: – "será que via mesmo o que se mostrava diante dos meus olhos? Afinal, somos humanos ou árvores?" Logo o dia se foi e a escuridão apagou tudo a minha frente. Parti em busca de uma rede. No outro dia, falaria com meus pais sobre Jenipará. Era para lá que iríamos.

NÃO PODERIA DIZER QUE ERA UMA CIDADE, nem mesmo uma vila. Duas três ruas com casas pequenas. Numa das esquinas, entre as ruas Tumurã e Catiroba, a placa sobre uma porta aberta avisa, 'Comércio do Valdir', o que na verdade todos chamavam de venda. Lá dentro, tal qual a 'Casa Aviadora do Centro dos Seringais', várias prateleiras com todos os tipos de produtos. Porém, na 'Venda do Valdir' aceitáva-se dinheiro, e não a borracha, e as contas são feitas na frente do freguês. Tudo que se compra, se anota. Não me recordo com precisão quais eram as casas que já estavam ali e as que construímos depois, porque em todas elas trabalhamos muito. Umas, desde o alicerce, em outras, se fez a reforma, levantando varandas para o lazer, cacimbas para abastecer de água, e também banheiros para manter o saneamento, e depois o acabamento com a massa reboco e a tinta. As cores de Jenipará são muitas. A vila crescia, todas as semanas, uma embarcação chegava carregando gente de todos os lados do Brasil, e também de outros países. Recebemos peruanos, bolivianos, até um uruguaio apareceu por nossas terras. Alguns amigos de Vicente, nosso habitante venezuelano, ao saber que ele estava conosco, vieram buscá-lo e acabaram por ficar. Com aquele movimento, mão de obra para a construção, para brocar no roçado e todas tantas outras ativadas. A vila conquistaria a emancipação em breve, a nova Brasília em meio a floresta Amazônica, um lugar para todos, de diferentes culturas, de distintos costumes. Pai Celso organizava reuniões em Santarém, informava-se como transformar o vilarejo em cidade, quais as burocracias exigidas, as demandas necessárias para trazer os recursos do governo estadual. Viajava muitas vezes com meu pai para ajudá-lo, estive em Belém e Manaus, encontramos companheiros nos sindicatos e passava dias em Santarém. Lá estudava, aprendia sobre leis, sobre um Brasil que nunca imaginei existir. A vida na cidade é muito diferente, gente atrás de gente, sempre querendo o que nem é de ninguém. Foi na Avenida Rui Barbosa quase esquina com a Travessa dos Mártires, numa parada de ônibus, que escutei de uma moça, a frase "eu te amo", ela falava para o rapaz abraçado à sua cintura. Eu sabia do amor, não que alguém da minha família tivesse dito nada semelhante, nem ao menos explicado, mas em pouco tempo na cidade, percebera que as pessoas se comportavam diferentes. Era preciso falar do que se sentia, o tal amor não ficava na intimidade do casal. Era assunto de interesse de todos, e anunciar à comunidade era até mais importante do que a dedicação, o carinho, e a própria relação. Ali, pensava que não saberia o que fazer quando chegasse o momento de encontrar uma parceira. Até agora era um menino tímido, falar ou mesmo anunciar meus sentimentos me tomaria de insegurança, de medo de fazer papel de ridículo. As poucas meninas que entrara em contato se mostravam muito diferentes daquelas do seringal ou mesmo de Jenipará. Hoje, pensando melhor, não saberia dizer se era isso mesmo, na selva são apenas os olhares e os feitos. Todos nós estávamos preocupados com nosso destino, em reconstruir nossos lares de um jeito tal que não nos sobrava tempo para as festividades de costume. Seja como for, sempre fui um menino pouco atrevido. Não saberia falar sobre o amor, nem sei se sabia o que ele significava.

QUANDO ENTREI NO ÔNIBUS, fui tomada por uma vontade de falar, queria prosear, mas nenhum passageiro havia sentado por perto. Percebi, olhando pelo corredor, que uma senhora viajava sozinha nos últimos bancos no final do carro. Não tive dúvida, levantei de onde estava e fui sentar ao seu lado.

Mantinha o silêncio desde o ocorrido na Cachoeira Aruari com o Padre Dias. Não que eu tivesse perdido a voz, me tornando muda, mas não saberia o que dizer, falava apenas com a minha avó, que se tornara devota da Mãe das Cachoeiras, rezávamos todos os dias para ela em agradecimento pela minha vida. E foi a Grande Mãe das Correntezas que conduziu minha avó na sua passagem final. Uma morte tranquila na beira do rio, onde enterrei a mulher mais verdadeira que conheci. Ela me disse, ave, Moura, ave, voe minha filha, voe. Na hora, entristecida com a perda de minha amiga companheira da vida até ali, não entendi o que ela dizia. Agora olhando pela janela do ônibus, e vendo a paisagem mudar à medida que avançamos, percebo que minha avó temia minha permanência em Tacaratu. Minha avó dizia para eu partir, para procurar meu lugar por outras bandas. É o que faço agora, estou em pleno voo, e ninguém nunca mais me segura. Sou livre, quero falar tudo, tudo que não falei por todo esse tempo.

JENIPARÁ 183

A mulher que estava ao meu lado se chamava Tereza, vinha de uma cidade perto da minha, contou-me que conseguiu um emprego na cidade de Belém, um bom serviço, e como a filha vivia lá, ela partia ao seu encontro. Também queria ver as netas crescerem, duas meninas lindas. Mostrou-me as fotos, festas de aniversários, Natais, as festas na escola. De certo, fiquei constrangida, não tinha nenhuma fotografia de minha avó para mostrar. Apenas a roupa de palha dos Encantados, que trazia comigo como a maior herança que recebera dela, e as histórias antigas dos causos contados para eu dormir. Demais, tinha ela uma alegria no peito, asas nos braços e a vida para conquistar à frente.

Tereza me contou de Belém, a cidade prosperava, havia emprego, gente bonita, oportunidades. Meu destino era São Luís, no Maranhão. Um dia um turista viajante que passava por Taracatu me contou que precisavam de gente que falasse bem para ser guia turístico na capital. Sem ter um destino certo, me lembrei disso na hora de comprar a passagem. Eu queria falar, queria falar muito. Então, meu destino era São Luís, mas o que eu não sabia era que aquela viagem de ônibus me levaria a Jenipará, e que lá seria o começo da minha história com o Brasil.

OITO HORAS DA MANHÃ AQUI NA ESTAÇÃO Tapajós 81 FM. *Amigos da Rádio Tapajós, mais um dia ensolarado na nossa cidade. Tem tambaqui no rio, quem come tambaqui, nunca mais sai daqui. Que maravilha! Tem criança tomando banho na ribeira, tem feirante vendendo fruta fresca, tem peixe do bom pendurado na banca e o cisqueiro canta o sol a pique. Povo da minha cidade, Jenipará é ou não é o melhor lugar do mundo? A gente que vem de outras bandas, e viu ruindade que nem o capeta viu, sabe bem que aqui o mundo é mais bonito. É ou não é? Maravilha de cidade, linda, linda!*

Ouvintes da rádio Tapajós, hoje venho com boas notícias. Chega à nossa cidade uma especialista em ervas e chás. A querida Morocha, que vem lá do Pernambuco e irá atender na rua Boyacá, 40. É um privilégio para Jenipará ter uma habitante que cura os males do nosso povo com ervas e chás. Para mal da barriga, mal da cabeça, mal da garganta, mal do rim, para todos os males, inclusive do coração, procure Morocha. Seja bem-vinda, mais um habitante que ajudará no progresso da nossa cidade. Para homenagear a mais nova habitante, trago a música do compositor Cícero Marcos, vinda lá da Pedra do Cachorro:

Gota pingo é chuva ou garoa?
Mandacaru não bota flor à toa
O Padre bebendo sangue
Cobra rastejando na procissão
O vaqueiro chorando:
Ó São Pedro que uma gota d'água agoe ao chão

Gota pingo é chuva ou garoa?
Mandacaru não bota flor à toa

O berimbau já chorou
Toque de una caoa fez canção
Deu a mão a filho de Maria
Com Santa Luzia na porta do céu

Gota pingo é chuva ou garoa?
Mandacaru não bota flor à toa

Às vezes a dica é maldita,
Ela vira mentira conforme a razão
Seja sócio do bem
Não pise em ninguém para poder vencer

Gota pingo é chuva ou garoa?
Mandacaru não bota flor à toa
Pelegrino da capoeira sempre peleja
Descalço no chão
Vai embora o penitente
Quebrando correntes com cabos na mão

Gota pingo é chuva ou garoa?
Mandacaru não bota flor à toa
Gota pingo é chuva ou garoa?
Mandacaru não bota flor à toa

JENIPARÁ ESTÁ AO LADO DE UM RIO. Um rio que avisa: é de escassez ou de abundância o tempo que está por vir. Não há quem não o escute. Ainda mais dali da Pedra Grande, quando a gente senta no final de tarde, em silêncio, na hora do sol se pôr. Um triângulo dourado reflete na superfície da água e aponta seu ápice para o coração da gente. O rio fala. O rio Jarurema fala com a gente e a gente fala com ele. Jarurema se faz entender, mesmo com sua linguagem esquisita, sem palavras, ele nos toca a mente, nos diz sobre a pesca, sobre as cheias. Sabe das fases da lua, das plantações e da fertilidade das mulheres. Depois, quando o sol vai embora e o triângulo dourado se desfaz, Jarurema se cala. E assim a gente vive do rio, mas também o rio precisa da gente. Ele está ali, ao lado de Jenipará, faz uma curva ao redor da cidade, cruza os finais das ruas, passa atrás da igreja.

Genara e eu agora costeamos o Jarurema. Hoje ele está pequeno, acalmando pela lua miúda, seguindo leve por um vento norte afora, e nos chama bem devagar. Dali de onde venho já vejo o teto da casa de Dona Laura, no alto do Cururu. Lá de dentro, uma fumaça se espalha acima da cidade, sinal que alguém já está de pé. Deve ser Alzira e Valdir no preparo da merenda dos primeiros clientes da venda. Sigo e a floresta vai ficando para trás, e o urutau? Já não se vê mais, ave árvore, ficou embrenhado sabe lá em que tronco. Genara acorda. Vira a cabeça como se soubesse o que vamos fazer. Então, o rio vem, ou eu vou em sua direção. É água o que Genara e eu precisamos. Lavar o corpo da menina e remover da pele os líquidos secos do parto, o sangue, a terra, as folhas, as pétalas amarelas de jenipapo. Genara deve de estar arrumada para que todos em Jenipará possam conhecê-la. Entramos aos poucos no Jarurema. Primeiro o alívio nos pés, a água derrete o que ali está grudado e retira como um remédio poderoso o desconforto e a pressão. A mão acarinha o rio. E os pés mergulhados, antes cobertos de barro, agora aparecem as unhas. É bonito o barulho que a água faz quando a gente adentra nela. Um burburinho meigo, todo achegado de quem dá um abraço e quer ver a gente sempre por perto. Genara se mexe, solta um gemido curto. De certo, quer entrar no rio também. Dobro os joelhos, abaixo o tronco, sem pressa, cuidando para a pequena não mergulhar de vez. O rio vem, envolve a menina, segura seu corpo. É o primeiro banho de Genara. Naquele remanso, nada se mexe mais que o necessário. Tambaquis, pirarucus dormem no fundo do Jarurema. Uma ave lá que outra aparece. Difícil de ver. E ali, nua com Genara junto ao peito, acaricio a menina. Uma alegria me vem, me toma toda, o amor me surge nos olhos. Ela solta uns granidos de bicho manhoso, quer chamar minha atenção. Seguro Genara pelo braço e procuro com a outra mão sua mãozinha. Ela segura firme meus dedos e deixo Genara descer com o corpo inteiro na água. Dança de um lado ao outro seguindo os movimentos de sua mãe. Vem em direção as minhas coxas para em seguida se afastar em círculos desenhando a superfície do Jarurema. Genara é uma sereia, já sabe do rio.

Água que bate e é hora de ir embora, Jenipará nos espera e não quero entrar na cidade com todos já pelas ruas. Voltamos à margem e dali entro pela rua Jutaí, duas quadras acima estou na rua Tumurã, a rua da tia Dulcinéia. Sua casa é a terceira. Ninguém me vê, todos ainda organizando o novo dia. A casa é simples, mas comporta toda a família. O portão de grade branca sempre fechado com a volta de uma corrente de cadeado que nem mais existe. Ali um quintal largo com todas as plantas da tia. Abro devagar, tentando não fazer barulho, não quero despertar Tufão. Se me vê faz uma festa e acorda toda a vizinhança, mas não tem jeito Tufão ao mínimo ruído levanta a cabeça e ladra, ladra. Cachorro faceiro. Avisa que tem alguém no portão. O primeiro a aparecer lá de dentro da casa é o Gaciel, primo da tia que veio do Maranhão. Gaciel me vê nua, para no corredor da casa, fixa em mim e em Genara olhos esbugalhados. Não sabe se chama minha tia ou vem até o portão me acolher. Depois corre, grita, e todos na casa aparecem. Lucio, Marelise, Jenilson, Jussara, Lazaro, Deise. Tia Dulcinéia vem desconfiada, quando nos vê, levanta os braços, não acredita. Grita para Deus, para a Santa. Um milagre! Genara ali junto ao meu peito, assim. Tia Dulcinéia passa por entre todos, aproxima-se esticando os braços para segurar a pequena. Como isso aconteceu?, pergunta. Esperávamos Genara na próxima lua nova e agarra a pequena. Genara nasceu embaixo de um jenipapeiro, digo. Na floresta?, pergunta a tia. Sim, na floresta. Tia Dulcinéia admirada beija a testa da criança. Todos admiram Genara, sem ninguém dar conta da minha nudez, só Jussara que vem carregando um vestido nas mãos para eu me cobrir. Um cortejo se forma, tia Dulcinéia à frente e todos curiosos ao redor, caminham adentrando a casa. Genara é amada. É tanta alegria, todos ali pensavam em esperança, em benevolência. Naquele momento, nenhum de nós jamais poderia imaginar o que iria acontecer em Jenipará. Hoje, pensando no dia do nascimento de Genara, vejo como nos iludimos com a cidade, com a vida. O momento de nascer é também o momento que se abre uma ferida a borbulhar demônios. Depois passamos uma vida a gastar o tempo para destruí-los, sem nunca saber se é possível matá-los. Genara naquele momento era a prova real que a cidade iria prosperar. A vida ali fincada nas terras, nas pedras, nas casas de fachadas coloridas, mergulhada nas águas. Jenipará uma cidade recém formada já tem seus próprios filhos. Genara, a primeira habitante jeniparese, e o que o futuro nos reservaria na cidade-paraíso.

...cricrió, cricrió... cricrió, cricrió... foi uma encruzilhada de rio, ou se fica onde está ou vai com quem não se conhece para lugar que não se sabe. Fui, porque aquela gente sabia cantar, sabia bicar uns aos outros e juntos com eles era melhor que só. Sumi no barco grande.

NUMA CURVA AO LADO ESQUERDO DO RIO JARUREMA nasceu um pequeno povoado chamado Jenipará. Nortistas e nordestinos migraram para região. Gente de muitos lugares, pessoas simples à procura de sossego e de sustento. Pessoas cansadas de labutar pela sobrevivência, de buscar oportunidades nos grandes centros, sem nunca enxergar o progresso. Também, povos indígenas de várias regiões da Amazônia, expulsos de terras contaminadas pelo mercúrio do garimpo, acuados pela destruição da mata e exaustos dos conflitos com os posseiros e suas armas de fogo. Chegaram do dia para noite ao vilarejo. Não que o povo tivesse recebido alguma grande promessa que os fizessem migrar para a região ribeirinha. Vieram porque as poucas famílias que viviam ali, apareceram um dia num programa de reportagem na televisão. A notícia, não se sabe o motivo, espalhou-se como terra prometida, lugar onde ninguém passa fome, muito menos necessidades. Segundo a reportagem, o povoado precisava de famílias para desenvolver a região de terra fértil. Ali era possível pescar, caçar, plantar e conquistar a sobrevivência, além de construir uma boa casa para família. Um lugar de tamanha beleza, ao som do cantar de pássaros, de colorido das flores e frutos, exalando perfume de terra úmida. Um

rio com os pulos acrobáticos dos matrinxãs. O rio Jurure-
ma, casa sagrada de Inajá.

Uma situação melhor que passar fome, correr pelas
ruas ensolaradas das cidades em busca de compradores
para produtos a preços reles, bugigangas de toda a espécie e comidas sem procedência, vendida em carrinhos sem
condições de conservar naquele calor qualquer alimento
fresco. Uma crise econômica, a qual enxugara a oferta de
empregos e levara muitos trabalhadores as ruas como se
fossem loucos ou mendigos.

Ainda nos primeiros meses, deram ao povoado o nome
de Jeruzui, um lugar tranquilo e menos custoso. Algumas
famílias demoraram a se acostumar a dormir nas redes. As
picadas de canarapãs levantavam bolhas e um comichão de
arrancar a pele com as unhas de tanto coçar. A mordida do
tal mosquito parecia penetrar até os ossos e ir espalhando
um veneno irritante que no outro dia impedia o indivíduo
de trabalhar. Para passar, esmagava-se formigas sobre a
pele, e delas eram extraídas substância de alívio.

Também tinham aqueles que não estavam acostuma-
dos com a comida que as mulheres preparavam, passavam
mal com o tucupi e com a maniva da mandioca brava. O
receio de envenenamento pela folha, levava muita gente a
recusar o prato de maniçoba. E mesmo depois das cozi-
nheiras garantirem que o preparo em água abundante eli-
minava o ácido perigoso, ainda muitos evitavam a comida. Só muito tempo depois, ao constatarem que ninguém
morrera daquele alimento, foi que começaram a comê-lo.
O jambu era também um mistério, alguns jamais tinham
provado seu sabor ácido e picante, e depois, o tremelicar

dos lábios, como se fossem formigas passando de uma lado ao outro dentro da boca. Com o tempo, entramos num acordo: a comida de um ia se misturando ao tempero e ao paladar de outro, e a cidade crescia. O arroz de cuxá trazido pela tia Dulcinéia de São Raimundo das Mangabeiras não foi difícil de se adaptar à culinária de Jenipará. A erva vinagreira, principal ingrediente e que dá sabor ao prato, não foi encontrada na região e logo substituída pelo jambu. Os camarões substituídos por peixe charutinho. Apenas o tomate, a cebola, o pimentão, a pimentinha de cheiro permaneceram, e agora é chamado de arroz de jambuxá. Um típico prato da cidade e um dos mais saborosos. A cidade-paraíso subiu na pressa de um relâmpago. Ao lado da Pedra Grande, na Ponta do Cururu, se construiu nossa história, e ali Jenipará se levantou de pôr em pôr de sol.

...cricrió, cricrió... cricrió, cricrió... no alto de uma pedra grande vi um dos meus, a cor do corpo não era igual. Deixei meus amigos no barco e dali segui ao encontro dele. Não sabia quem era, mas, seja como for, era melhor tentar.

São 7 horas da manhã em Jenipará, aqui seu locutor Nelson, na Rádio Tapajós 81 FM. *Começo o dia com um notícia vinda de outras bandas, meus amigos. Ontem, chegaram na cidade homens enviados por uma empresa do governo. Vieram pesquisar o nosso rio Jarurema, para um projeto que eles estão chamando de Consórcio Tapajós. Segundo informantes, querem saber da viabilidade técnica e econômica para construção de três hidrelétricas na nossa região, com capacidade estimada de 2,2 gigawatts. É energia para não acabar mais. Ambientalistas estão na região também e convocam a comunidade de Jenipará para uma reunião no salão da paróquia, em frente a Praça Carimborari. Hoje às 17h. A notícia é preocupante já que a pesquisa foi liberada e se encontra inclusive no Diário Oficial da União.*

Mas vamos lá meus carimbozeiros, daqui a pouco conto das festividades que teremos no final de semana, agora fique aqui comigo na Rádio Tapajós 81 FM, *está chegando a música da poeta letrista Wanda Monteiro, com a canção também da amazônida nascida à margem esquerda do rio:*

*Trago nos olhos
a policromia dos verdes*

leitos

mangues

campos

aluviões

verdes_tempos

catedrais de mata ensolarada

abençoada por verdes chuvas

de asas

de folhas

de frutos

líquido espírito de meu rio Amazonas

Trago na pele

o limo aveludado de meus igarapés

braços serenos de meus rios

sombreados por densas nuvens

Onde tudo é espanto e mistério

onde habita a mítica memória

das boiúnas

das yaras

dos botos tucuxis

do verde amor do tamba-tajá

Trago na face

a marca da cabocla

na veia o sangue da icamiaba

a Índia guerreira

E nos gestos

a serenidade das verdejantes planícies

das janelas azuis do Tapajós
alcatifadas de flores -ninféias de multicores

Trago nas mãos espalmadas para o céu
a fé de todos os povos
meu louvor a todos os deuses e orixás

Sou do povo da floresta
de vida ribeira

Na terra
cavo coragem na voz subterrânea da história
no fogo - acendo a paixão pelo que vivo e sonho
na água - aprendo a ser livre
e nos ventos - hei de encontrar os preságios de novos ritos
de verde esperança

Trago na alma
a impetuosidade de minha criança remota
essa aurora de minha ingênua manhã
e a inquietude de uma juventude que ainda acorda e dorme aos sabor dos sonhos
de verdes utopias
de verdes ideias

Trago na garganta
um grito bárbaro
um bardo feroz
que romperá todos os claustros
as grades

os muros
que se erguem contra minha voz e liberdade

Pois que no meu corpo
todo ele
uma cordilheira de palavras sempre arde em chamas
são elas que grafam em fogo e brasa a minha história
e acendem a luz de meu verbo.

Enganam-se esses que imaginam que represar o rio pode trazer bem ao homem. O rio é livre, e na sua liberdade, ele entrega benevolência, fruto de gerações, provando que a medida de sua força é a medida de sua alma, nem violento, nem tranquilo. O rio segue o próprio caminho, o percurso que quer, e assim, nesse jeito dele, o rio é terra, é pedra, é mar. O rio é o outro quando o outro precisa de rio, e o outro sempre precisa, é o princípio da vida. Ele mostra que entre a sua rudeza e a sua delicadeza, o rio é ser. Desviá-lo é equívoco maior, encerrá-lo é não saber existir. O rio não pode deixar de sonhar com ele mesmo, nem de respirar, deve seguir em seu percurso, sem imaginar-se estrangulado em milhares de detritos. O rio não deve confrontar a morte. Se represá-lo de um lado, irá se expandir do outro, e destruirá a mata de Igapó e a nossa cidade. A várzea com mais várzea, inunda seus jenipapeiros. Os matrinxãs, com seu corpo alongado de escamas prateadas, perdidos, procurarão as pedras, os troncos submersos dos jenipapeiros, que de tão submersos torna-se impossível encontrá-los. Peixes sentem fome, querem as frutinhas, as sementes, querem os pequenos chilinquis, as piabas e os brycons. Não encontram nada. Cadê os matrinxãs com suas nadadeiras alaranjadas, com suas caudas escuras? Desaparecem, sabe lá para onde. Todos nós não sabemos onde estamos, nossa sobrevivência também vem da floresta e do rio. O que fazer agora?

– "Não à hidrelétrica. Ninguém pode prender o rio", manifestou-se o primeiro jeniparense, pai de Genara.

...cricrió, cricrió... cricrió, cricrió...

...cricrió, cricrió... cricrió, cricrió...

HABITANTES DE JENIPARÁ

Uma cidade não se constrói apenas com ruas, casas, postes de iluminação, uma cidade se contrói com habitantes. Foi assim que chamei amigos poetas letristas para habitar Jenipará e escrever as letras da Rádio Tapajós 81 FM:

Mestre Chico Malta – Mestre Griö Francisco Cardoso Feitosa, nasceu em Santarém, Pará, no dia 07 de Maio de 1962. Descendente das tribos Wai-Wai por parte de mãe e Mundurucu por parte de pai. Mestre do Carimbó, poeta, cantor, compositor, dramaturgo, pesquisador, escritor e arte-educador.

Katia Marchese, Santos, 1962. Consta nas antologias Movimento Poetrix (Scorteci, 2004), Senhoras Obscenas I e III (Benfazeja, 2017 e Patuá, 2019), Tanto Mar sem Céu – Laboratório de Criação Poética (Lumme, 2017), Casa do Desejo – A literatura que desejamos (Patuá-FLIP, 2018). Poemas publicados nas revistas Germina, Musa Rara, Portal Vermelho e Zunái. Participa de tutorias com a escritora Ana Rusche e com poeta prof. Claudio Daniel, aluna do curso de Formação de Escritores CLIPE 2019-Casa das Rosas/Espaço Haroldo de Campos de Poesia e Literatura. Mora em Campinas, gestora pública.

Yara Darin nasceu em Marília (SP). Empresária, poeta e escritora, formou-se pela FMU e pela Escola Panamericana de Artes e Design. Escreve nos blogues *"Família em dia"* e *"Amanhecer...onde tudo recomeça!"* Atuou por vários anos na revista literária eletrônica *"Varal do Brasil"* com Sede em Genebra / Suíça. Participa de saraus e recitais. Tem contos e poesias publicados no *Varal Antológico 2 e 4 / Damas Entre Verdes e Antologia Poética da Senhoras Obscenas.*

Rosana Banharoli, jornalista por formação; poeta por teimosia; contista por distração. Autora de Ventos de Chuva, poesia, Scortecci 2011; 3h30 ou quase isso, verso&prosa; prosa, e-book, Amazon 2013 e Espamos na Rotina, poesia, Patuá, 2017. Co-autora e curadora da Fliparanapicaba 2014, que homenageou Hilda Hilst. Publicada em mais de 40 Antologias e em sites, blogs e revistas literárias nacionais e internacionais. Atualmente trabalha com a finalização de dois infantis e com letras de MPB, revisão e copidesque.

Cicero Marcos Campos Silva, o Cicinho, capoeirista, nascido no agreste de Pernambuco, onde o pé da Pedra do Cachorro era seu quintal, o vilarejo Sítio Onça e região era sua biblioteca de valores. Em São Paulo conheceu a Capoeira (o grupo Cordão de Ouro Mangalot) e através dessa arte pode contar, se expressar, cantar e compor músicas falando do que vivenciou e falando do seu lugar.

Wanda Monteiro, advogada, escritora, uma amazônida nascida à margem esquerda do rio Amazonas, em Alenquer, Pará, Brasil. Colabora com vários projetos de incentivo à leitura de seu país, seus textos poéticos são publicados em importantes revistas literárias – impressas e digitais – veiculadas em várias regiões do pais, como Mallamargem, Revista Gueto, Acrobata, Diversos&Afins, Relevo, Lavoura, Zona da Palavra, Vício Velho, Ruídos, LITERATURA BR, LITERATURA&Fechadura, DesEnredos, InComunidades (Lisboa). Tem seus poemas publicados nas antologias: Senhoras Obscenas; Proyecto Sur Brasil, Sarau da Paulista; Mulherio de Letras/Lisboa e na primeira e histórica publicação impressa da Revista Literária GUETO. Obras publicadas: O BEIJO DA CHUVA, 2008, Ed. Amazônia; ANVERSO, 2011, Ed. Amazônia; DUAS MULHERES ENTARDECENDO, 2015, Ed. TEMPO – em parceria com a escritora Maria Helena Latinni; AQUATEMPO, 2016, Ed. Literacidade; A LITURGIA DO TEMPO E OUTROS SILÊNCIOS, 2019, Ed. Patuá.

Este livro foi composto em Sabon LT Std
e impresso em papel pólen bold 90 g/m²,
em janeiro de 2020.